우연히 닿은
닮은 세상

강성호

우연히
닿은 닮은
세상

강성호 지음

행복우물

Prologue

　언제부턴가 가족여행을 할 때면 항공권 구매에서부터 숙소 선택 및 예약을 비롯해 렌터카 준비, 여행지에서의 맛집 탐방까지 모든 계획은 나의 몫이 되었다. 도착해서 첫 식사는 어디서 할 것인지, 이동은 어떻게 할 것인지… 계획을 하고 그 계획대로 실행해 가는 것에 재미를 느끼고, 여행을 마치며 가족들에게 이번 여행은 어땠냐며 만족도를 물어보는 것 또한 정례화가 되었다. (그렇다고 싫은 건 아니고 오히려 즐겁기만 하다.)

　여행하는 스타일에 따라 사전에 치밀한 계획을 세우고 그 계획을 그대로 실행하는, 그 계획에 어긋나면 약간은 불안해하는 여행 스타일이 있을 것이고 반대로 구체적인 계획 없이 떠났다가 여행지에서 즉흥적으로 일정을 만들어 여행하는 경우가 있겠지만, 전자가 나에게 즐겁다는 건 MBTI의 P(인식, 자율/융통성)보다

J(판단, 계획/목적성)에 가깝게 나오는 나의 성격 탓인 듯하다.

　누군가는 본격적인 여행을 시작하기도 전에 계획단계에서 부터 이미 지쳐 진정한 'trouble'이 될 수도 있다고 말한다. 여행을 의미하는 'travel'이 라틴어의 고문(또는 고문 기구)을 뜻하는 tripālium(트리팔리움, tri 3개의 -pālium 말뚝)에서 유래되어 고대 프랑스어인 travail(고통, 노동, 수고, 출산의 고통)을 거쳐 완성되어진 단어라고 하니 말이다. 물론 옛날에는 거주하는 곳을 떠나 이동하는 것 자체가 위험을 감수하는 일이었을 것이어서 호랑이나 사자같은 맹수를 만날 수도 있을 테고 바다에서는 해적이나 풍랑을 만나 배가 좌초되는 경우나, 지도가 없어 길을 며칠 동안이나 헤매었을 수도 있었을 것이다. 현대 사회도 별반 다르지 않으니 집 떠나면 고생이라는 말이 그냥 생겨난 말은 아닌 듯하다. 여기에 더하여 사전에 치밀한 계획수립이라니! 어찌 고통스럽지 않다고 말할 수 있겠는가!

　반대로 여행을 의미하는 또 다른 단어인 'vacance'는 텅 비어 있다는 뜻의 라틴어 'vacatio'에서 유래했다. 나의 여행하는 스타일은 사전에 계획한 것을 하나씩 clear 해나가는, 어찌보면 'va-cance'의 의미처럼 비워내는 게 아닐까 싶은데, 또 다른 측면에서는 나의 터키(튀르키예) 여행이 그랬다. 터키 여행을 했던 2015년 당시는 6살, 3살이던 두 아이들의 육아로 지칠대로 지쳐 있던 우리 부부에게 그로부터의 해방이 필요했고(대신 그 육아를 부모님이 해주셨지만) 그래서 무작정 노는 게 아닌, 비워내는, 우리의 어깨를 짓누르는 무언가로부터 자유로워지는 'vacance'를 한 것이라고 느꼈기 때문이다.

신혼여행 이후 7년 만에 아이들에게서 벗어나 둘만의 자유시간을 가지는 그것 자체만으로도 좋은데 멋진 해외여행까지 어찌 안 좋을 수가 있겠는가! 그 여행 중에 방문한 이스탄불 베벡 지구의 한 카페가 있었고 그 이후 제주도 여행 중에 방문했던 함덕 해변의 한 카페에서 이스탄불 카페에서 받았던 그 느낌을 강렬히 받아 비슷한 느낌을 주는 두 여행지를 비교해 보면 어떨까라는 생각이 들었다. 지리적인 자연 환경과 분위기가 비슷하고 카페라는 공통점이 있어서 아주 동떨어졌지만 유사한 두 장소를 비교해 보면 재밌겠다라는 생각에 이르렀고 그것이 이 글을 쓰게 된 계기가 되었다.

그 이후 여러 장소를 방문하면서 비교하면 좋겠다고 생각되는 곳이 자연스레 늘어났고 꼭 책을 쓰겠다는 목적이 아니더라도, 언젠가는 지금껏 여행했던 경험을 사진과 함께 정리하리라고 다짐을 했다.(늘 미루기 일쑤였지만…) 시간이 지나면서 내가 그곳에 갔었는데 그곳에서 무엇을 했고, 어디를 살폈고, 무엇을 먹었는지 심지어 거기가 어땠는지 기억이 가물가물해질 때가 있기 때문이다.

여행했던 그 순간은 정말 생생하게 그리고 강렬했겠지만, 시간이 지남에 따라 그 기억은 흩어져있는 인상으로만 남게 된다.(이렇게라도 남아있으면 다행이다.) 머릿속 여러 영역에 걸쳐 저장되어진 그렇지만 평소엔 연결되지 않은, 멀리 떨어져 있는 영역까지 신호를 주고 받고 연결시키기 위해 나의 여행을 정리해야겠다는 생각이 들었다.

마지막으로, 책을 통해 타인의 간접 경험을 접하면서 미처 정리하지 못한 나의 여행이 정리되듯이 내가 내 발로 직접 한 여행으로 타인의 경험을 정리해주고 싶다. 우리가 여행을 하면서 그 장소에서 보는 것, 느끼는 것, 맛보는 것은 지극히 일인칭 시점에서 직접 겪는 것이다. 여행 전 여행 안내 책을 보며 타인의 경험을 미리 보고 가지만 그 장소에서 모든 것을 경험할 수는 없는 일이다. 이 책 역시 나의 시점에서 경험한 내용을 기록했기에 다른 누군가에게는 삼인칭 시점이 될 것이지만 그렇다고 전부는 아닐 것이다. 다만 여기의 단편이 전체 퍼즐의 수많은 한 조각 중 반드시 필요한 한 조각의 역할을 해 전체 그림을 상상해 보고 더 나아가 유익한 여행이 될 수 있는 도구가 되었으면 하는 바램이다.

2025년 1월
언제나 여행친구
사랑하는 두 딸에게

목차

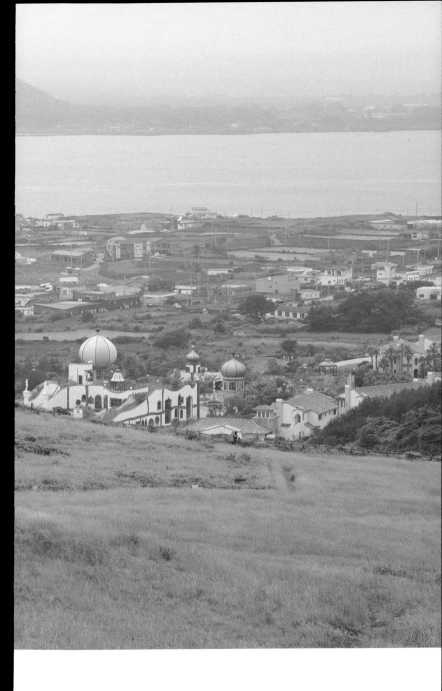

대만
타이베이 101타워

대만 타이베이 여행은 김포공항에서 오후 1시 50분 비행기로 시작되었다. 김포공항에서 출발하는 대만 국적기 EVA 항공이었는데 이는 타이베이 시내에 있는 송산공항에 도착하기 때문에 타이베이 도심으로의 접근성이 좋다. 인천국제공항보다 김포국제공항이 서울과 더 가깝듯 대만도 타오위안국제공항보다 송산공항이 훨씬 가깝다. 공항에 도착해 타이베이 메인 역에서 도보로 약 7분 거리에 있는 숙소까지는 우버를 이용했고 체크인을 하고 나니 해가 저물기 시작해 주변이 어둑어둑해지고 있었다. 11월 여행이었기에 우리나라와 마찬가지로 해가 짧아 101타워에 올라 낮의 풍경을 보고 일몰을 기다렸다가 야경도 보고 내려오자는 야심찬 계획에 차질이 생긴 것이다. 원래 계획은 계획일 뿐 상황에 맞게 대처하는 것이 여행의 맛 아닌가!

숙소에서 우버를 이용해 101타워로 향했다. 15분 남짓 가다보니 멀리서 101타워가 보였는데 롯데월드타워처럼 가까이 다가 갈수록 규모와 그 높이를 실감할 수 있었다. 101타워는 약 509미터로 2009년까지만 해도 세계에서 가장 높았지만 현재는 10번째 정도라고 한다. 건물의 생김새에도 특징이 있어 먼저 건물의 외관 색상이 옥색이고, 모양은 하늘로 뻗어 나가는 대나무의 죽순모양이다. 그리고 8층씩을 묶어서 8단 마디가 만들어져 있는데 중화권 사람들이 부와 번영, 성장과 발전을 의미하는 행운의 숫자로 '8'을 염두에 둔 것이라고 한다. 그리고 본 건물 위에 첨탑처럼 생긴 외관의 야간 조명을 요일별로 무지개색으로 켜고 있어(월요일은 빨간색, 화요일은 주황색 같은 식으로…) 101타워 외관만 보더라도 오늘이 무슨 요일인지 알 수가 있다.

101타워는 타이베이 세계 금융센터로서 은행과 증권사 등 타이베이의 주요 금융기관들이 모여있는 건물이지만 1~5층은 여러 브랜드의 매장이 입점해 있는 쇼핑센터고 지하 1층은 아시아 각국의 요리를 맛볼 수 있는 푸드코트가 들어서 있다. 쇼핑과 오락, 식사를 한 곳에서 즐길 수 있는 복합시설이다.

101타워 입장 티켓은 타이베이 국립고궁박물관 입장권과 같이 묶여있는 콤보권으로 한국에서 미리 구입 했고, QR코드를 이용해 5층 매표소에서 티켓으로 교환 후 입장할 수 있었다. 정확히 말하면 입장을 할 수 있는게 아니라 전망대로 올라가는 엘리베이터를 타는 줄을 설 수 있는 것이었다. 이 날 날씨가 좋은 탓인지, 아

니면 항상 사람들이 많이 찾는 곳이라 그런지 줄이 꽤나 길었는데, 아니나 다를까 10살, 7살인 두 아이들은 지루해하기 시작했다. 과자 하나씩 주며 달래고 의자에도 앉혀가며 마침내 엘리베이터를 탈 수 있었는데 50분 정도는 기다린 것 같다. 놀이공원에 가게 되면 줄이 짧아보이지만 안보이는 곳에 들어가면 줄이 꼬불꼬불 몇 번을 꺾어서 있는 것처럼 여기가 거의 그런 식이었다. 나중에 알게 되었지만 롯데월드타워처럼 패스트입장권이 있었고 여행지에서의 시간은 무엇과도 바꿀 수 없는 소중한 것이니 고려해 볼 만한 아이템인 것 같다.

엘리베이터는 무척이나 빨라 귀가 멍멍해졌다. 5층부터 전망대가 있는 89층까지 37초가 걸린다고 한다. 롯데월드타워처럼 엘리베이터 내부에 화려한 영상 화면도 없고 엘리베이터를 내렸을 때 영상을 보는 곳 또한 없다. 하지만 이 건물에는 윈드 댐퍼(wind damper)라는 것이 있어 강한 바람과 지진으로부터 건물을 지켜주고 있다. 윈드 댐퍼는 아주 무거운 철(660톤)로 만들어진 추로 강풍이나 지진에 의해 건물이 휘청이다가도 아래로 눌러주는 힘으로 인해 건물을 제자리로 위치해 주는 역할을 한다.

대만은 세계에서 화산활동이나 지진이 빈번하게 일어나는 지역인 불의 고리(Ring of Fire, 환태평양 조산대)에 속하는 나라기 때문에 건축물을 건설할 때는 반드시 내진설계를 반영해서 웬만

한 지진을 견뎌낼 수 있도록 해야 하고 101타워에서는 윈드 댐퍼가 그 역할을 하는 매우 중요한 것이다. 이 윈드 댐퍼를 캐릭터화했다. 윈드 댐퍼가 금빛을 띄는 추여서 그 캐릭터는 노란색의 큰 동그란 머리를 하고 있고 동그란 구 모양의 몸통 역시 추의 줄무늬를 따와 검정색 띠로 표현했다. 팔, 다리도 있고 양쪽 눈은 숫자 '1', 가운데 입은 숫자 '0'으로 그려 놓아 101타워의 캐릭터라는 것을 명확히 보여 준다.

전망대의 중심으로 가면 윈드 댐퍼를 난간대 너머로 볼 수 있고 더 가까이서 보기 위해 88층으로 내려가 본다. 660톤의 무게에 지름 5.5미터의 크기를 지탱하기 위한 네 가닥의 철 와이어가 있는데 한 가닥의 두께가 약 5.1센티미터에 이를 정도로 엄청나게 두껍다.

윈드 댐퍼를 기념하기 위해 아이들은 양 손가락과 입을 이용해 '101'을 만들어 사진도 찍어 본다.

360도 한바퀴 돌며 유리창 너머 야경을 볼 수 있는 89층에는 펑리수로 유명한 수신방이라는 가게가 있었다. 펑리수는 촉촉하고 달콤한 파인애플 과육이 사각형의 빵안에 들어있는 일종의 파인애플 케이크이자 대만을 대표하는 대표 간식 먹거리다. 쿠키 같기도 해서 케이크와 쿠키의 딱 중간이라고 보면 좋겠다. 시식해 보라며 조그만 플라스틱 상자에 넣어놓은 펑리수 조각을 아이들은 눈치 없이 거의 다 먹어버린다. 하나 먹어봤는데 달콤한 맛이 입안에 오래도록 남아 있어 아이들이 왜 그렇게 많이 먹었는지 이해할 수 있었다. 펑리수를 선물용으로 사려고 했으나 대만 여행에서 처음 만나는 펑리수 가게였고 다른 곳이랑 비교도 해봐야 할 것 같아서 구입하지 않았지만, 알고 봤더니 수신방은 대만 펑리수 대회에서 1등을 할 정도로 유명하단다. 이 맛을 잊지 못해 결국 공항에서 같은 브랜드의 펑리수를 구입하게 되었다. 펑리수에 들어가는 파인애플 과육의 함량에 따라 80%, 100%와 같이 여러 종류가 있었고 역시 100% 과육 함량의 펑리수가 더 맛있었다.

다른 한쪽 켠에는 기념 스탬프가 아이들을 유혹하고 있었다. 어딜 가나 스탬프가 있으면 찍어서 간직하고 싶어하는 아이들이라 여지없이 달려가 자신의 빈 노트에 스탬프를 여러 번 찍는다.

89층에서 가로등과 차량의 불빛으로 자신만의 색을 내뿜는 형형색색의 빛 알갱이가 뿌려진 야경이 보인다. 예쁘다. 하지만 이방인인 우리는 어디가 어딘지 모를 뿐이다. 91층에서는 야외로 나가서 볼 수 있다고 하여 올라가 보았다. 역시 이곳도 롯데월드타워와 마찬가지로 바람이나 비로 인해 날씨가 좋지 않은 경우는 개방하지 않는다고 하였다. 다행히 그 날은 개방을 하고 있어 외부 공기를 들이마시며 야외 구경을 할 수 있었다.

충분한 구경을 마치고 내려갈 시간이 되었다. 우리가 타고 올라 온 엘리베이터를 다시 타야 하는데 기다리는 줄이 만만치 않아 보였다. 올라올 때도 거의 한 시간이나 기다렸는데 내려가는 것도 큰 차이는 없을 듯 했다. 하염없이 기다리나 싶었지만 안내하시는 분이 줄 서 있는 관람객에게 다른 한 쪽을 가리켰다. 화물용 엘리베이터라도 원한다면 타고 내려갈 수 있다는 안내였고 대부분의 사람들이 오랜시간 기다리는 것보다는 화물용 엘리베이터라도 타고 내려오는 것을 선택했다. 우리도 이왕이면 번듯한 관광객용 엘리베이터를 타고 내려가고 싶었으나 여행지에서의 시간은 아주 소중하기에 화물용 엘리베이터를 탔다. 화물용 엘리베이터는 우리가 일반적으로 알고 있는 천정과 도어를 제외한 사면이 철판으로 마감되어 있었고 101타워의 이미지와는 전혀 어울리지 않은 분위기여서 중간 어느 층에선가 한 번 멈춰서서 짐이 잔뜩 실린 카트가 들어올 것만 같다. 그래도 속도는 빨라 금방 내려올 수

사진으로 비교해보니 한국 명동에 있는
'LOVE' 조형물이 훨씬 크다

있었다.

　저녁 식사 시간이 살짝 지난 시간이라 배가 고팠던 우리는 지하 푸드코트로 향했다. 여러 가지 음식을 골라 먹을 수 있던 터라 무얼 먹을까 고민했지만 아내는 언제부턴가 해외에서도 한식이 당긴다며, 나이를 먹어서 그런거라며 김치찌개를 시켜 먹는다. 아이들과 나는 주변 사람들이 많이 먹는 것으로 주문해서 먹으니 큰 무리없이 대만 첫 끼를 성공적으로 해결했다. 어느 한 쪽에서는 망고빙수를 먹고 있어 우리도 저녁 식사를 얼른 마무리하고 빙수를 먹자고 했다. 과연 대만에서 먹는 망고 빙수는 지금까지 먹었던 것과는 완전히 달랐다. 냉동 망고 빙수에 익숙했던 우리는 처음 먹어 본 생 망고 빙수의 맛에 감탄했고 앞으로 5일간 더 대만에 머물면서 틈나는 대로 망고빙수를 먹자고 약속했다.(하지만 그 이후 여행동안 한 번 밖에 더 먹지 못했다.) 알고 봤더니 우리가 먹었던 망고 빙수를 파는 곳은 Smoothie House라는 가게였는데 꽤나 유명한 장소였다.

　배부르게 먹고 나서는 101타워를 나와 앞에 있는 'LOVE' 조형물을 만났다. 아마 누구나 한 번쯤은 사진으로든 실제로든 'LOVE' 조형물을 보았을 것이다. 이 작품은 미국 출신 팝아트 작가인 로버트 인디애나의 것인데 동시대에 있었던 팝아티스트 앤디 워홀(1928~1987)과는 달리 간결하고 명료한 디자인을 했다. 'LOVE' 역시 마찬가지여서 1964년 크리스마스 카드의 디자인으로 'LOVE'를 그렸던 것이 1966년에 조각 작품으로 탄생하면서 지금의 'LOVE' 조형물을 볼 수 있다. LOVE라는 단어가 대중적인 단어라는 이유 때문에 처음엔 저작권을 갖지 못하다가 1998년에 갖게 되면서 20여 년 만에 재평가를 받았다고 하니 안타까운 일이면서도 다행한 일이 아닐 수 없다. 어쨌든 지금은 인디애나폴리스 미술관에 있는 오리지널 버전을 시작으로 미국 내 약 20여개가 있고 영국, 스위스 등 유럽과, 홍콩, 싱가폴, 도쿄 등 아시아까지 50개가 넘는 '사랑'이 전 세계로 퍼져 있다. 우리나라도 명동에서 볼 수 있고 국내 화장품 회사(아모레퍼시픽)에서 2개를 가지고 있다. 우리가 사진을 찍을 때는 대기 행렬이 거의 없어 큰 기다림 없이 찍을 수 있었는데 대기 행렬이 길 경우도 있다고 한다. 그럴 때는 그 조형물 뒷 편에서 일단 사진을 찍고 나중에 미러 기능으로 사진을 보정하면 깜쪽같다고 다음 날 만난 여행 가이드가 알려주었다.

내가 대만을 여행했던 일정

1일차	○	김포공항, 101타워
2일차	○	지열곡, 베이터우 온천, 온천박물관, 단수이, 훙마오청, 진리대학, 스린 야시장
3일차	○	중정기념당, 예려우/스펀/스펀폭포/지우펀 투어
4일차	○	칠성담/청수단애/타이루거 협곡 투어
5일차	○	국립고궁박물원, 송산공항

서울

롯데월드타워
(서울스카이)

출처: pixabay.com

　롯데월드타워는 워낙 높아서 서울 뿐만이 아니라 웬만한 서울 인근 경기도에서도 바라볼 수 있는 그런 곳이다. 또한 서울의 랜드마크이다 보니 여러 매체에서도 자주 볼 수 있고 특별한 날에는 불꽃놀이도 해서 그 유명세도 대단하다. 하지만 그런 곳을 가 볼 생각이 크진 않았다. 다른 나라를 여행할 때는 그 지역에 있는 타워란 타워는 다 올라가 보면서 말이다. 우연찮게 고향에 계신 어머니가 상경하셨는데 어디를 구경시켜드릴까 하다가 그 날따라 날씨도 추워지고 해서 찾은 곳이 롯데월드타워였다.

　지상에서 먼저 만나본 롯데월드타워는 멀리서 보던 그것과는 완전히 달랐다. 이 건물이 이렇게 웅장하다는 느낌을 받은 적은 없었지만 가까이서 보니 실로 엄청나게 컸다. 특히 저층부의 건물 둘레는 거대했고 그 높이는 말할 것도 없이 우리나라에서 가장 높은 곳이니 끝이 보이지 않을 정도여서 고개를 끝까지 치켜 들어서

야 전체가 보였다.

　지상 출입구로 건물에 들어선 후 한 층 내려가니 매표소가 있었고 거기서 티켓을 발권해서 입장했다. 방문한 날이 주말이었기에 최소 한 시간 정도는 기다릴 거라 예상했지만 의외로 줄이 짧았다. 2~30분 정도 지났을까? 마침내 전망대로 올라가는 엘리베이터를 탈 수 있었다. 다만 타이베이의 101타워와는 다르게 엘리베이터를 기다리는 동안 지루하지 않도록 여러 시각적인 효과를 볼 수 있었다. 줄을 서는 통로에는 한국 전통 문양의 이미지를 조명의 색에 따라 바뀌게끔 꾸며 놓았고 그 전에는 롯데월드타워의 시공 당시 사진과 철근과 같은 사용했던 자재도 볼 수 있었다. 급히 지나가는 바람에 자세히 보진 못했지만 롯데월드타워의 캐릭터도 있다. 롯데월드타워의 형상과 123층의 숫자 1,2,3을 형상화한 'SKY FRIENDS'이다.

출처: 롯데월드타워 홈페이지 발췌

　엘리베이터는 2대가 있었고 엘리베이터 문이 2중으로 되어 있었다. 열린 첫 문이 닫힌 후 다음 문이 열려야 엘리베이터 내부로 들어갈 수 있다. 아마 초고층 건물이기 때문에 연돌효과(Stack

Effect)로 문 개폐가 원활히 안될 수 있어 해 놓은 모양이다. 엘리베이터 내부에는 문을 제외한 삼면에서 디지털 화면으로 서울 광경을 보여주고 있었고 그 화면이 엘리베이터 문 거울에 반사되어 어느 방향에서나 보였다. 지하 2층에서 117층까지 오르는데 1분 정도 걸렸다. 역시나 귀는 멍멍해졌다. 거의 500미터를 1분에 가는 것이니 얼추 계산해보면 시속 30킬로미터 정도다. 117층에 도착하면 똑같이 이중으로 된 엘리베이터 문이 열리고 까만 어둠속에서 가로로 넓은 파노라마 형태의 영상을 보여준다. 전망대에서 실제로 볼 수 있는 풍경을 영상으로 먼저 보여주고 영상이 끝남과 동시에 스크린이 당당하게 올라가면서 유리창 너머의 실제 풍경을 보여준다. 스크린이 올라갈 때 관람객의 감탄사도 들리고 심지어 박수 치는 분도 있었다. 멋있으면서도 뭉클하다.

101타워 때와는 다르게 오후 3시 정도에 올라가서 낮의 풍경을 먼저 보면서 시간을 보내다가 선셋도 보고 야경까지 볼 계획이었다. 101타워에서는 엘리베이터 기다리는 시간이 길어서 낮의 풍경을 놓쳤지만 여기선 성공이다. 자동차들은 미니어쳐 같고 사람들은 정말 개미처럼 작으며, 한강의 다리들은 장난감으로 만들어 놓은 것 같다. 저 끝 동쪽에서부터 한강의 다리 이름을 맞춰보자며 경상도 촌놈의 머릿속에 있는 모든 대교의 이름을 다 되뇌었건만 검색해 본 결과 순서대로 구리암사대교, 광진교, 천호대교, 올림픽대교, 한강철교, 잠실대교, 청담대교, 영동대교란다. 한강의 다리가 31개라고 하니 생각했던 것보다 훨씬 많았다. 아파트와 건물,

도로들은 도시를 건설하는 PC게임처럼 만들어진 모양새고 롯데월드의 지붕과 석촌호수, 백제 고분군, 올림픽 공원의 녹지도 보인다. 지상에서는 항상 아파트가 많다고 느끼며 지나다녔지만 위에서 보니 단독주택이 훨씬 더 많은 부지를 차지하고 있었다.

비행기에서 착륙하기 30분 정도 전의 창밖으로 보이는 모습이라고 하면 딱 맞겠다. 그렇게 생각하는 순간 정말 비행기 한 대가 왼쪽에서 오른쪽으로 눈 높이에서 눈 아래 높이로 슝 지나간다. 저 멀리 성남에 있는 서울공항에 착륙하려는 모양인 듯 그쪽으로 향했고 미세먼지 없이 쾌청한 날씨 덕에 착륙하는 모습까지 완벽히 볼 수 있었다.

최근에 읽은 책에서 서울스카이의 공간을 아래와 같이 표현했기에 옮겨본다.

✻   내가 사랑한 공간들(윤광준, 을유문화사) 발췌(160P~)

___

롯데월드타워는 서울 동쪽의 잠실에 자리한다. 이곳 전망대의 높이는 남산보다 2배 더 높은 500미터를 넘겼다. 조망을 가로막는 장애물도 없다. 적당한 간격으로 이어진 한강의 다리들과 어울린 직선의 건물들이 한눈에 들어온다. 조망의 시선은 밀집된 도시의 위치와 거리를 쉽게 파악시킨다. 전체 지도가 눈으로 파악되는 듯하다.

초고층 건물은 위로 올라갈수록 특별한 사람들의 차지가 된다. 조망의 가치가 달라지기 때문이다. 높이 100미터와 500미터는 천양지차의 풍경을 만든다. 높이 오를수록 더 멀리 보이고, 세상을 쉽고 빨리 파악하는 법이다.

(중략) 적당한 차단과 격리가 필요한 이들에게 건물의 높이는 중요한 역할을 한다. 구름 위에서 사는 이들에겐 복잡한 현실의 풍경이 가려질수록 좋다. 대신 눈앞에 보이는 하늘만으로 충분하다. 세상과 격리된 자발적 고립은 초고층 빌딩에선 저절로 이루어진다. 높은 장소에선 모든 것이 특별한 느낌으로 바뀐다.

117층에서 에스컬레이터를 이용해 올라갈 수 있게 되어 있었다. 한층을 올라 118층에 다다르니 어느 한쪽으로 많은 사람들이 모여있는 곳이 보여 자연스레 발걸음이 그 쪽으로 향했다. 스카이데크라고 해서 바닥이 투명의 두꺼운 유리로 되어 있어서 거의 500미터 아래의 지상이 보이는 것이다. 바닥과 연결된 벽체도 가장 아래에서부터 유리여서 확 뚫린 시야가 마음속을 시원하게 뚫어주는 느낌이었다. 핫플레이스 답게 많은 사람들이 인증샷을 찍기 위해 혼잡했고 118층에서 바로 보이는 1층 풍경의 아찔함을 사진에 담기 위해 그 바닥판에 쪼그리고 앉은 사람, 누워 있는 사람들로 인해 우스꽝스러운 장면이 연출되었다. 바닥은 아주 견고해 깨져서 떨어질 일은 절대 없겠지만 아래가 보인다는 이유 때문에 어떤이는 발걸음을 떼어 놓기가 여간 쉬운 일은 아닌 모양이다. 심지어 안내문에는 심장이 약한 사람은 주의하라는 경고문도 붙어 있었다.

안 보이면 아무렇지도 않을텐데 역시 모르는 게 약인가보다. 최근 어느 한 방송에서 태국 여행 중 방콕의 마하나콘 전망대 스카이워크를 소개해 주는 방송을 우연찮게 볼 수 있었다. 몇몇 방송인들이 그곳을 방문해서 스카이워크를 올라가는 모습을 재미있게 담아 보여주었는데 어떤 사람은 너무 무서워하여 울먹이기도 했다. 그 방송을 보며 나도 정말 스카이워크 체험을 해보고 싶었는데 얼마 지나지 않아 이곳 롯데월드타워에서 그 소망을 이루었다. 다만, 방콕 마하나콘 전망대 스카이워크는 건물 옥상에 있어 야외라는 점은 다르지만…

120층에는 야외를 즐길 수 있는 스카이테라스가 있다. 101타워와 마찬가지로 야외 테라스로 나가서 밖을 쳐다볼 수 있는 곳인데 역시 바람이 많이 불거나 비가 오는 날은 개방하지 않는다고 한다. 공간이 아주 넓진 않지만 답답할 수 있는 실내에만 있다 시원한 공기를 쐴 수 있어 좋았고, 뒷 배경으로 사진을 찍으려는 사람들로 붐볐다.

121층을 지나 122층엔 국내에서 가장 높을 수 밖에 없는 카페, 스카이카페가 있었는데 여긴 에스컬레이터가 아닌 계단으로 오를 수 있다. 바깥의 풍경에는 큰 관심이 없어보이는 아이들에게는 달콤한 음료 한 잔씩 사주고 난 시원한 커피를 마셨다. 여기도 공간에 비해 사람이 많아서 자리 잡기가 쉽진 않았지만 겨우 자리를 찾아 일몰과 야경을 보기 위한 체력을 충전했다.

전망대에 올라오자마자 높은 곳에서 보이는 멋진 광경에 취해 한 바퀴 빙글, 위층과 아래층을 왔다갔다하니 이제서야 지친다는 느낌이 왔다. 여러 층으로 구분되어 있는 전망대에서 윗층으로 올라가기 위한 에스컬레이터는 있지만 각 층으로 내려올 때에는 계단을 이용할 수 밖에 없어 더욱 힘들었나 보다.

어느 덧 해질 녘의 붉으스름한 노을이 보이고 해는 금방 진다. 야경은 낮의 풍경과는 또 다른 느낌이다. 노란 조명으로 인해 금가루를 뿌려 놓은 것만 같다는 표현을 여기저기서 많이 봤었지만 딱 그 모습이다. 어두워졌지만 어디가 어딘지 다 알겠다. 101타워에서는 그냥 금가루만 보고 왔지만 여기서는 어느 누구에게나 설명이 가능한 금가루였다.

사람의 마음이나 예상할 수 있는 행동은 다 비슷한가 보다. 야경을 볼 수 있는 시간이 된 후 어느 정도 구경을 다 마치는 시간이 비슷했기 때문에 내려가는 엘리베이터를 타려는 줄도 금세 늘었다. 하지만 줄은 금방 줄어들어 15분 정도 후에는 탈 수 있었다. 101타워에서 너무 사람이 많아 화물용 승강기를 타고 내려왔던 기억이 다시 한번 떠올랐지만 그랬기 때문에 이렇게 비교할 수 있는 이야깃거리를 주지 않았나 싶다.

구경을 마치고 내려와서 입구를 나오니 급히 들어가느라 보지 못했던 기네스 3관왕 표지가 보였다. 최장 수송거리 더블데크 엘리베이터, 가장 빠른 더블데크 엘리베이터, 가장 높은 유리바닥

전망대. 우리나라 기술력으로 이런 상징성있는 건축물이 서울 한복판에 있다는 생각에 건설업에 종사하는 건설인으로서 다시 한번 자랑스럽다는 생각이 들었다.

비교	101타워	서울스카이
공식높이 (높이순위)	509.2m (10위)	555.7m (5위)
최고층	101층(지하5층)	123층(지하6층)
전망대 높이	89층, 약 383.4m	118층, 약 500m
완공일 (개장일)	2004년 (2004년 12월 31일)	2016년 12월 22일 (2017년 4월 3일)
건축물 외관 디자인	대나무 형태를 모티브로 한 계단식 디자인	전통 도자기에서 영감을 얻은 곡선형 디자인
건축물 용도	사무실, 상업 시설, 레스토랑, 전망대	사무실, 상업 시설, 호텔, 레지던스, 전망대
건축 비용	약 18억 US달러	약 37억 US달러

하와이

오하우
다이아몬드 헤드

　　이번 하와이 여행 일정에 다이아몬드 헤드 하이킹을 넣을지 말지 한참 고민했다. 각 7살과 10살인 아이들을 데리고 여행하기 때문이었다. 그나마 초등학생인 첫째 아이는 걱정이 덜 되긴 했지만 아직 유치원생인 둘째 아이가 잘 따라올 수 있을지 고민이 많았다. 그럼에도 불구하고 결정했다. 가는걸로… 어렵게 시간내어 가는 여행인데 -특히나 하와이는 10시간 이상 비행기를 타야 해서 그 만큼 많은 시간이 허락해줘야만 갈 수 있는 곳이다.- 하와이에서 중요 스팟이라고 하는 곳을 안 갈 수는 없지 않은가!

　　다이아몬드 헤드는 하와이의 랜드마크 중 하나로 와이키키해변에서 바로 볼 수 있으며 하와이를 소개하는 여러 책자나 엽서에 와이키키 해변과 더불어 메인 모델이 되고 있는 나지막한 분화구다. 10만년 이상 활동이 없는 휴화산으로 1825년 이 곳에 도착한 영국 선원들이 분화구에 반짝이는 암석이 있는 걸 보고 다이아몬드인 줄 알아 다이아몬드 헤드라고 불렀다고 한다. 그 반짝이던 것은 탄산염 광물인 방해석이라고 한단다.

처음에는 나즈막한 흙길로 시작되어 갈수록 돌길, 계단도 나오기 시작한다. 그리 길지 않은 하이킹 길이지만 둘째 녀석은 의자가 나올 때마다 앉아서 쉰다. 물도 마시고 그러다 사진도 찍고, 길의 중간 중간 돌출된 곳으로 난간대가 둘러져 있는데 그 곳에서 토퍼를 들고 사진을 찍어 본다. 푸른 초록과 어우러진 푸른 바다는 더할 나위 없는 풍경이다. 바다색은 이 세상에 있는 파랑의 모든 색을 구경할 수 있는 듯 하다. 정상에서 바라보는 풍경은 와이키키 해변을 향하고 있는 높은 빌딩숲과 새하얀 구름 뭉치가 양털인 양 하늘에 떠 있다. 하지만 7살 딸아이의 모습은 양 손으로 두 볼을 괴고 그로 인해 두 눈이 찢겨 올라간, 그리고 주저 앉은 망부석으로 변해 있었다. 땀이 삐질삐질, 강렬한 햇빛에 지칠 만도 하다. 다이아몬드 헤드 입구에서 팔고 있던 쉐이브 아이스를 내려가면 사주겠노라 하며 달래고 달래 일으키기에 성공했고 심지어는 사진 찍는 데도 협조해 주었다.

정상에서의 공간은 아주 넓지는 않았다. 아니면 사람이 많았던 것일까. 한쪽으로는 벙커처럼 생긴 곳의 지붕 위에서 포즈를 잡고 있는 사람들이 보였다. 올라가면 안 되는 곳 같아 보였는데 어딜 가나 하지 말라고 하는 걸 하면서 즐기는 사람들이 있는 모양이다.

내려오는 길은 훨씬 수월하다. 올라갈 때와는 다른, 계단이 있는 터널로 내려왔다. 쉐이브 아이스 생각에 내려오는 길은 둘째 녀석이 앞장섰다. 오하우섬의 북쪽인 노스 쇼어에 갔을 때 거기서 유명한 마츠모토 쉐이브 아이스를 먹지 못한게 아쉬웠지만 아이들은 어느 가게 쉐이브 아이스든 상관 없다. 그냥 쉐이브 아이스면 된다. 전날 저녁 호놀룰루 시내에서 저녁을 먹은 후 지나가다 어느 한 가게에서 처음 맛 본 쉐이브 아이스가 가장 맛있었을 거고, 지금 내려가서 먹을 쉐이브 아이스도 바로 그 맛일거니까! 어느 덧 입구까지 내려왔고 힘들었을 아이들을 위해 쉐이브 아이스를 하나씩 사주었다. 나와 아내는 진짜 파인애플 안에 파인애플을 갈아서 만든 주스를 먹었다. 2시간여 하이킹 후 먹는 주스가 어찌 맛있지 않을 수가 있을까?

다이아몬드 헤드에서 내려온 후, 하와이에 왔다면 꼭 먹어봐야 할 간식인 말라사다 도넛을 먹기 위해 레오나즈 베이커리로 향했다.

말라사다는 포르투갈 이민자들이 하와이에 가져온 음식으로, 이민자들이 하와이 사탕수수 농장에서 일할 때 먹었던 간식이었다고 한다. 원래는 부활절을 경건히 준비하는 절기인 사순절 전날에 먹던 전통적인 빵이었지만, 하와이에 정착하면서 더욱 다양한 맛과 모양으로 발전했다. 겉은 바삭하고 속은 부드러운 일명 '겉바

속촉'의 이 도넛은 하와이 사람들의 입맛을 사로잡아 이제는 대표적인 간식으로 자리 잡았다.

유명한 곳이기에 이미 예상했지만 도착하자마자 긴 줄이 눈에 들어왔다. 하지만 망설임 없이 줄을 섰다. 하와이의 무더운 햇살이었지만 차양막이 가려주었고 가게 안으로 들어가니 도넛을 캐릭터로 한 각종 의류 및 기념품도 전시되어 있어 구경하느라 30분 정도는 훌쩍 지나갔다.(지금은 매장안에 들어가서 주문 및 계산을 하고 번호표를 받은 후 그 번호가 불리면 도넛을 받아오는 형태로 바뀐 듯 하다.) 드디어 우리의 차례가 되어 말라사다 도넛을 주문 했는데 오리지널과 커스터드, 초콜릿을 골랐다. 상자 단위로 팔았기에 두 상자를 샀다.

차 안에서 도넛 상자를 펼쳤다. 따뜻한 말라사다 도넛은 손으로 잡는 순간부터 촉촉함이 느껴졌고, 한 입 베어 무는 순간 바삭한 겉면과 부드러운 속이 완벽한 조화를 이뤘다. 오리지널 말라사다는 가장 기본적인 맛이었지만, 그 심플함 속에 진정한 맛의 깊이가 있었다. 설탕이 듬뿍 묻은 바삭한 겉면은 단맛을 더해주었고, 속은 부드럽고 촉촉했다. 비록 설탕도 많고 기름진 간식이라 건강에 좋진 않겠지만 그래도 여행지에서 먹는 유명한 간식이기에 오늘 하루만은 어떠랴! 아이들도 잘 먹고 즐거워하니 이 작은 간식이 우리 가족에게 큰 행복을 선사해 준 순간이었다. 말라사다 도넛의 당 충전으로 피로회복 완료!!

내가 하와이 오하우섬을 여행했던 일정

1일차   ○   누우아누팔리 전망대, 카일루아 비치 파크, 와이켈레 아울렛

2일차   ○   돌플랜테이션, 라니아케아비치, 와이메아비치, 푸푸케아비치(샥스코브), 라이에 포인트, 쿠히오 비치, 힐튼 하와이안 빌리지 불꽃놀이

3일차   ○   쿠알로아 랜치, 쿠알로아 리저널 파크, 카일루아 비치 파크, 와이마날로 비치 파크, 라나이 포인트

4일차   ○   하나우마베이, 힐튼 하와이안 빌리지 수영장

5일차   ○   다이아몬드 헤드 트레킹, 힐튼 하와이안 빌리지 수영장

6일차   ○   힐튼 하와이안 빌리지 라군 패들보드, 와이키키 비치 선셋

제주도

성산일출봉

성산일출봉은 제주도에서 내가 가장 좋아하는 곳이다. 푸릇한 바다위에 초록초록한 분화구의 모습이 내가 기억하는 성산 일출봉의 풍경이다. 성산일출봉은 서너번 가봤지만 하와이 여행을 한 후 다시 가 보았을 땐 다이아몬드 헤드와 성산일출봉이 머릿 속에서 번갈아 되새겨졌다.

성산일출봉의 첫 방문은 2006년 한여름이다. 가물거리는 기억을 되살려보면 30분 정도 올라간 듯 한데 무더운 날씨 때문에 땀을 뻘뻘 흘린 기억과 중턱에 있는 간이 매점에서 물 한병을 샀던 생각이 난다. 더위를 이겨내며 힘겹게 정상에 오르니 설문대 할망이 앉았기에 움푹 파여진 분화구에 정말 푸른 풀밭이 가득한 녹지가 제일 먼저 눈에 들어온다. 순간적으로 그 풀숲으로 가보고 싶다는 생각이 들었지만 내려가는 길은 없다. 분화구 테두리 쪽은 뾰족뾰족한 모양으로 톱니바퀴 같은 바위 봉우리가 있다. 이 때문에 '성산'이라고 한다. 그 멋진 곳을 뒷 배경으로 난간대에 기대어 사진도 찍고, 걸터 앉아 사진도 찍어본다. 최근에 방문했을 땐 난간대에 앉아볼 생각 조차 못한거 보니 그 당시와는 많이 바뀐 모양이다.

내려가는 길은 오르기 보다는 확실히 쉬웠겠지, 내려갈 때 찍은 사진이 많은 거 보니… 그런 이유도 있겠지만 내려가는 풍경 역시 정상에서 만끽한 멋진 광경 못지않다. 주차장의 차들은 장난감처럼 작아 보이고, 일출봉과 제주도 본섬이 연결되는 좁은 길 양옆으로는 쪽빛의 푸른 바다가 펼쳐지며 저 멀리 광치기 해변도 보인다. 곰처럼 생긴 곰바위도 있다.

2006년에 촬영한 곰바위
(그 당시 여자친구였던 아내)

2021년에 촬영한 곰바위

사람은 망각의 동물이라고 했던가, 15년이 지난 2021년 9월에 다시 가게 되었다. 그 땐 일출봉 오르는 길에 곰바위가 보였다. 첫 번째 방문 때와는 반대 방향으로 오른 모양이었다. 곰처럼 생긴 바위를 보고 분명히 어디선가 비슷한 걸 본거 같고 처음 보는 게 아닌거 같은데 기억이 잘 나지 않는 것이었다. 결국 다시 찾아본 예전 사진에서 2006년도 성산일출봉의 곰바위를 찾을 수 있었다. 아무리 세월이 변해도 자연은 그 위치에서 그대로 꿋꿋이 있다. 하루 하루 변해가는 우리의 모습과는 반대로…

2021년도의 일출봉 두 번째 방문은 초등학교 5학년, 2학년 두 딸들과 같이였다. 아이들과의 여행이다 보니 사전에 아이들을 위한 제주도 관련 책을 많이 빌려다 보여줬다. 사실 아이들을 위한 책이었지만 어른인 내가 봐도 볼 만 했다. 아니 볼 만한게 아니라 제주도 방문 전 반드시 읽어야 할 책들이었다. 성산일출봉은 2007

년 6월 27일(처음 방문했던 2006년 7월 27일로부터 정확히 11개월 후다) 제주 화산섬과 용암동굴의 이름으로 한라산, 성산일출봉, 거문오름용암동굴계가 세계자연유산에 등재되었다는 내용도 이 때 알게 되었다. 이번 여행에서는 거문오름과 만장굴, 성산일출봉을 모두 둘러봤으니 세계자연유산 투어라고 해도 되겠다.

일출봉 입구에서부터 '세계유산축전 제주 화산섬과 용암동굴'이라는 큰 간판이 놓여져 있었다. 2020년도부터 세계유산축전을 한다고 한다. 전날 거문오름에 갔을 때도 같은 간판을 보니 아이들 책에서 보았던 세계자연유산에 등재된 전체의 이야기가 머리에 쏙 들어왔다.

전날 거문오름을 1,2,3 전 코스 투어를 한 탓에 다리 근육이 뭉쳐 있는 모양이다. 걸을 때 마다 종아리가 어제의 고단함을 알려준다. 입구를 막 지났음에도 벌써부터 아이들이 잘 올라갈 수 있을지 걱정된다. 하와이 다이아몬드헤드와 다른 점은 산행길 초입까지 평평한 돌 마감이라 흙바닥을 안 밟아도 된다는 것이다. 아이 둘은 서로 장난치면서 깔깔대면서 잘 오르기 시작한다. 9월 말이지만 요즘의 이상 기후 때문인지 땀방울이 맺힐 정도로 덥다. 9월 말 여행이기에 당연히 수영복을 가져올 생각은 안했기 때문에 제주도 해변에서 아이들은 일상복을 입고 바다에 들어갔다. 9월 말에 바다에 들어가리라고는 상상도 못했지만 더운 날씨 탓에 그 모습은 마치 여름 휴가철의 해변이었다. 어쨌든 이런 계절에 맞지 않는 날씨가 아이들의 산행 걱정을 하게끔 했다.

중간 중간 쉬었다가 사진도 찍으면서 어느 새 정상에 올랐다. 5학년인 첫째는 잘 올라왔고, 2학년인 둘째는 어째 표정이 안좋다. 힘든 모양이었다. 한손에 든 음료수를 연신 마셔대며 계단턱에 주저 앉았다.

망부석처럼 주저 앉았던 하와이 다이아몬드 헤드에서와 비슷한 상황이다. 다이아몬드 헤드와 성산 일출봉도 닮아 있다고 생각했지만 둘째 아이의 반응 역시 닮다 못해 똑같다. 그러나 어쩌지, 여긴 쉐이브아이스가 없는 걸…

정상에서의 분화구 모습은 15년 전과 달라진 건 없지만 난간엔 정상이라는 표지판과 해설 안내 표지판이 붙어있었고 분화구를 배경으로 사진을 찍을 때 간판이 같이 나올 때면 살짝 거슬렸다.

15년 전 지금의 아내와 같이 와서 사진 찍은 곳에 지금은 두 아이가 더해져 같이 사진을 찍고 있으니 감회가 새롭다. 15년 전에 당신과 한 가족을 이루어 태어난 아이들과 함께 이렇게 오리라고는 전혀 상상도 못해봤는데 말이지.

내려오는 길 역시 예쁘다. 멀리 광치기 해변이 보이고 오늘따라 바닷물도 너무 맑아 속까지 다 보인다. 한 발짝 먼저 내려간 아내와 둘째 딸이 위를 쳐다보며 사진 찍어달라고 한다. 아이가 브이 표시를 하는 거 보니 더위로 인해 힘든 건 괜찮아졌나보다.

일출봉에서 내려와 입구 반대쪽 바닷가를 향한 길로 내려가보았다. 멀리 우도도 보이고 드넓은 바다에 풍광이 좋았다. 그 때 우도를 보면서 가보고 싶다는 생각이 들었는데 일출봉 방문 다음 해인 22년에 우도 여행을 할 수 있었다. 좀 더 아래쪽으로 오니 시커먼 모래처럼 보이는 해변이 있었다. 위에서 풍경도 좋았지만 내려갈 수 있는 계단이 있어 내려갔다. 아내는 어제 거문오름 투어의 후유증으로 다리가 너무 아파 내려가지는 않겠단다. 내려가니 가장 먼저 바다내음이 후각을 자극한다. 다음으로는 검은 모래가 눈에 들어왔다. 쇠소깍 옆에 있던 검은 모래 해변과 나중에 가본 우도 검멀레 해변과 닮았다. 아이들은 살금살금 바닷물에 가까이 가면서 조개 껍데기를 줍느라 시간 가는 줄 모른다.

해변을 마주하고 있는 배면의 절벽에는 가로로 누운 지층이 선명하다. 이국적이다. 그 지층들은 지질학적으로도 큰 가치를 지니고 있다고 하며 특히 응회구의 지형을 잘 보여주고 다양한 내부 구조들을 관찰할 수 있다고 한다.

바닷가에서 조개 껍질을 줍다가 또 파도 놀이를 하던 아이들을 보다 보니 바닥의 돌에 공벌레처럼 생긴 하지만 공벌레보다 훨씬 큰 것들의 무리가 보였다. 항상 바닷가에는 갯강구가 있는 걸 많이 봐왔던 터라 아이들에게 자신있게 얘기해 줬다. "이야~ 갯강구들이 화석으로 변한 건 또 처음보네, 이거 갯강구가 화석으로 된거야, 니네들 책에서 삼엽충 화석 많이 봤지? 그런 화석이야~" 이렇게 얘기하면서 그 화석(?)을 만져보았다. 까맣고 돌처럼 딱딱하고 생긴 모습도 영락없는 화석이었다. 그런데 아무리 봐도 좀 이상하다. '화석인데 어떻게 표면에 양각으로 돌출되어, 그것도 온전한 상태로 이렇게나 많은거지? 아주 딱딱하고 떨어지지도 않고 화석이 맞는 거 같은데…'

핸드폰을 꺼내어 찾아보았다. 요즘은 사진으로 검색할 수 있는 기능이 있어 어렵지 않게 찾을 수 있었다. '군부'란다. 처음 들어봤다. 찾아본 바에 의하면, 다판류에 속하고 몸길이 약 55밀리미터, 나비 약 33밀리미터, 높이 약 15밀리미터 이며, 등쪽에는 손톱 보양의 판 8장이 기왓장처럼 포개져 있는 연체동물이다. 조간대 암조치대의 바위나 돌에 붙어 살며, 조간대 암초에 바닷물이 차면 먹이를 찾다 돌아다니다가 바닷물이 빠지기 전 제자리로 돌아가는 귀소본능이 있으며, 기질에 대한 부착력이 매우 강해서 물리적 자극을 받은 상태에서 도구 없이 떼어 내기는 매우 어렵다고 한다.

우리가 본 것은 바닷물이 빠진 상태의 제자리에서 귀소본능 대로 행동하는 군부였으며, 내가 계속 만졌기에 물리적 자극을 강하게 받아 떨어지지 않으려고 했던 그 군부였던 것이다. 아이들한테 자신만만하게 자연 상태에서 찾아낸 화석이라고 우겼던 것이 민망했지만 그래도 아이들은 아직도 아빠를 잘 믿고 따른다. 이렇게 또 하나 알아 간다.

성산일출봉을 여러번 방문했지만 정작 일출은 보지 못했다. 당장 위시리스트에 성산일출봉 일출보기를 추가해야겠다.

비교	다이아몬드헤드	성산일출봉
높이	약 232m	약 182m
등산로 길이	약 1.3km	약 1km
면적	89층, 약 383.4m	118층, 약 500m
생성 시기	약 200,000~300,000년 전	약 5,000년 전
형성 원인	화산 분출에 의한 칼데라 형성	수중 화산 폭발
형성 과정	순상 화산에 의한 분출	하이드로볼케이노 현상
지질 특징	화산재와 용암층	응회암 지질 구조
세계유산 등재 여부	미등재	유네스코 세계자연유산 (2007년)
관광 포인트	하이킹, 오하우 섬 전망	일출 관람, 절벽 전망
주요 식생	건조한 기후에 적합한 식물들	다양한 해안 식물 군락

출처: pixabay.com

제주도 동부 여행시 내가 자주 찾는 숙소

덕천 연수원	○	가성비 최고(합리적인 가격 및 넓은 객실)
		무료 조식 제공
		삼겹살 바비큐 포함 저녁 메뉴 다양
		한달 살기 등 장기 투숙에도 적합
		최근 신관 개설

하와이

오하우
카일루아비치파크

  19년 2월 15일 하와이 오하우섬에 도착해 처음 간 곳은 누우아
누팔리 전망대였다. 살짝 흩날릴 정도의 비가 내렸고 바람산이라
고 불리울 만큼 항상 강한 바람이 부는 전망대인데다가 이상 기온
의 영향으로 추운 날씨였다. 지금 생각해보면 멋지고 드넓은 바다
가 보이는 그런 전망대라는 기억보다 아이들은 우비, 어른들은 후
드티를 껴입고 얼른 둘러본 그냥 그런 장소였다는 기억이 더 크
다. 그래도 아이들은 신났는지 여기 저기 뛰어다니며 구경하고 재
밌는 사진 포즈도 취해본다. 누우아누 팔리 전망대의 안내 간판
앞에서는 한국의 단체 관광객 중 한 명에게 사진 부탁을 드리니
여러 장 잘 찍어주셨다.

  주차장에서 돌아다니는 뜻밖의 동물을 볼 수 있었다. 바로 야
생닭이었다. 한국에서는 닭장에 있는 닭이나 우리 안에 갇힌 닭만

볼 수 있는데 길바닥에서 닭을 보니 특별했고 아이들도 신기해 했다. 사실 이런 야생닭으로 하와이는 골머리를 앓고 있다고 한다. 야생 개체수가 급격히 늘어나 이런 닭들이 때와 장소를 가리지 않고 울어대며 텃밭에 채소를 쪼아먹고 닭의 배설물이 주택가를 더럽히고 있으니 어찌 골칫거리가 아니겠는가! 평생 하와이에 한 두번 올까말까한 여행객에게는 볼거리를 주지만 사는 주민들에게는 불편함을 주고 있다.

점심식사는 카일루아 타운에서 맛집으로 유명한 시나몬 레스토랑에서 했다. 구글맵을 이용하여 찾아 갔지만 한 번에 찾지 못하고 한 바퀴를 더 돌아 레스토랑이 있는 건물 뒤편에 주차장을 찾을 수 있었다. 하와이 여행 전에 여행 안내서를 보며 열심히 공부했던 터라 주차하는 방법도 완벽히 알고 있다고 생각했다. 하와

출처: pixabay.com

이 역시 미국이라 법을 잘 지키고 이를 어길 경우 엄격하게 벌금을 부과하거나 불법 주차인 경우에는 견인도 잘 해간다고 익히 들었던 터였다.

우리는 비어있는 곳에 주차를 하고 그 앞에 주차비용을 지불하는 코인 기계도 확인한 다음 당장 코인 기계에 투입할 쿼터가 없어 차를 뺄 때 지불하자고 생각하며 바로 식당으로 향했다. 그 식당에서 나올 때 쿼터로 교환한 다음 차를 빼기 전 주차했던 한 시간 정도의 주차 비용을 코인 기계에 넣긴 했으나, 나중에 곰곰이 생각해보니 주차하고자 하는 시간만큼의 비용을 먼저 코인 기계에 넣고 '여기 주차 자리는 이미 결제되어 이용중입니다.'라고 주차 기계에 표시되게끔 하는게 원래 방식이었던 것이다. 다시 말해 우린 한 시간동안 주차 비용 지급 없이 불법 주차를 한 것이었고 우리 차를 뺀 그 자리에 다음 주차할 차량을 위해 한 시간의 주차 비용을 미리 계산해 준 상황이 되버렸던 것이었다. 하마터면 불법 주차로 견인될 뻔한 상황이었는데 무사히 잘 넘어갔고 그 이후부터는 정확한 방법으로 주차를 잘해서 아무탈 없이 여행을 마칠 수 있었다. 렌터카를 이용해 하와이 여행을 계획하시는 분이 있다면 코인을 미리 준비해서 파킹 슬롯을 잘 이용하라는 팁을 알려주고 싶다.

찾아간 시나몬 레스토랑은 브런치 맛집이라고 한다. 그래서 오후 2시까지만 운영하고 있고 주말에는 재료가 소진되면 2시 전에 마감하기도 한단다. 1985년에 오픈한 오래된 식당이며 팬케이크와 베네딕트가 유명하다고 해서 우리는 레드벨벳 팬케이크, 베네딕트, 오믈렛을 주문했다. 이 날이 발렌타인데이 직후여서 발렌타인 데이 스페셜로 레드벨벳 팬케이크에 뭔가가 추가되었던 것 같은데 기억이 가물가물하다.

어쨌든 아이들도 좋아하고 우리 입맛에도 딱 좋아 하와이 여행에서 첫 끼로 성공적인 식사였다. 식사를 마치고 계산할 때가 되니 다시 여행 안내서에서 하와이의 팁 문화에 대해 공부한 기억이 떠올랐다. 식당에서도 음식값에 따라 그 음식값의 일정 비율만큼 팁을 주는 것이 예의지만 거의 반드시 주는 거라고 한다. 옆 테이블에서 현지인들이 식사를 마치고 테이블에 달러 몇 장을 놓고 가는게 아닌가! 바로 이게 팁을 주는 방식이구나 싶어 우리도 음식값의 10% 조금 못미치는 팁을 놓고 나왔고 카운터에서는 음식값을 계산했다.

음식값을 지불하려는데 계산하시는 분이 데스크에 있는 작은 표를 보여주시며 음식값에다가 그 표에 있는 비율을 곱한 금액을 추가하여 영수증을 주셨다. 아! 그 때 다시 알게 되었다. 미국 팁문화로서 정식으로 주는 팁은 카운터에서 계산하고 테이블에 놓는 팁은 그 테이블에 서빙했던 직원을 위해 자유 의지로 주는 것이라는 것을… 그 이후부터는 정말 서비스에 감동 받지 않는 이상 반드시 지불해야만 하는 필수적인 팁만 지불했다.

점심식사 후 카일루아 비치파크에 도착했지만 여전히 춥고

비도 완전히 그치지 않아 다른 날 다시 오기로 마음 먹었다. 흐린 날씨였음에도 에메랄드 빛 바다는 느낄 수 있었는데 날씨가 좋은 날이면 얼마나 더 아름다운 에메랄드 빛을 보여줄까? 카일루아 비치는 고운 모래와 맑고 투명한 색의 바다로 유명하고 파도가 항상 있어 윈드서핑, 패러 세일링, 카약 등의 액티비티를 즐기기에 좋으며 특히나 수심이 얕아서 아이들과 함께 하기에도 좋은 해변이다. 미국 전 대통령인 버락 오바마의 휴가때마다 찾는 해변으로 알려져 있어 더 유명하며 오하우섬 뿐만이 아니라 미국에서 가장 아름다운 비치 선정에서도 항상 상위권을 유지한다.

이렇게 아름다운 비치를 눈 앞에 두고 일단 해지기 전 와이켈레 프리미엄 아울렛으로 향했다. 우리나라에도 잘 알려져 있는 미국 브랜드인 폴로랄프로렌, 타미힐피거, 캘빈클라인, 리바이스 등 인기 브랜드가 많으며, 특히 코치는 미국 내에서도 상당히 경쟁력 있는 가격이라 항상 많은 사람들로 붐빈다. 인터넷에서 와이켈레 프리미엄 아울렛 후기를 보다보면 열에 아홉은 코치 구매 이야기다. 나는 활용성 좋은 셔츠 몇 장 구입하고 아이들에게는 하와이 여행 기념으로 다른데서는 살 수 없을 것 같은 예쁜 꽃무늬가 있는 크로스로 매는 형태의 가방과 샌들 하나씩을 사주었다.

그 날로부터 이틀 뒤에 다시 방문했다. 뭉게 구름이 잔뜩 있었지만 비가 내리진 않았다. 주차를 하고 야트막한 언덕을 지나니 드넓은 수평선이 보인다. 넘실거리는 파도는 여전했고 에메랄드 빛깔의 바다는 간간히 비치는 햇빛에 의해 반짝거려 그 아름다움이 명성에 걸맞다. 이 곳을 쇠소깍과 닮았다고 생각한 건 딱 하나다. 민물이 내려와 바다와 만난다는 것이다. 크진 않지만 카일루아 지역에 있는 카엘레풀루 연못(Ka'elepulu Pond, 하와이어로서 moist blackness 습한 검은색을 의미)에서부터 시작된 가느다란 물줄기가 카일루아 비치까지 연결되어 있어 카일루아 비치에서는 민물과 바닷물이 만나는 지점을 만날 수가 있다.

그 곳 역시 깊지가 않았기에 바닥에 앉으면 가슴 높이의 수심이었고 아이들과도 놀기에 적당한 장소였다. 현지인은 반려견을 데리고 와서 놀기도 했다. 나는 바닥에 앉아 손바닥으로 바닥을 훑고 있는데 중간 중간 돌 같은게 만져졌다. 고운 모래사장 밖에 없는데 어디서 이런 돌들이 나왔을까 생각하면서 하나를 들어 꺼내보기로 하는 순간 "아얏!" 뭔가가 오른쪽 엄지 손가락을 꽉 깨문다. 깜짝 놀라 내팽겨쳤는데 자세히 봤더니 게였다. 바닥에서 까맣게 보이는 것들이 다 게였는데 내가 앉아있는 주변으로 꽤 많았다. 어떤 이는 막대기같이 생긴 것을 물 속으로 넣어 게가 그것을 집게끔 해서 게를 들어올리면서 놀고 있었다. 나도 액션캠 고정봉을 가지고 있었기에 물 속으로 한번 넣어 보았다. 그랬더니 내 엄지손가락을 물었던 집게로 그걸 잡아 그대로 따라 올라온다. 신기하기도 하고 아이들도 좋아할 것 같아 한 마리만 통속으로 옮겨서 보여 주었다. 우리나라의 게와 약간 달라 보여서 아이들도 호기심을 가지고 지켜 보았다.

　이 날은 묵었던 민박집에서 부기보드를 대여해줘서 가지고
왔다. 이틀 전 방문했을 때 파도를 보면서 부기보드 정도는 타기
좋을 것 같았기 때문이었다. 이번에 알게 되었지만 서핑보드 종류
도 여러 가지가 있다.

　먼저, 가장 일반적인 숏보드에서부터 보드의 폭과 nose, tail의
모양에 따라 피쉬(Fish)보드, 건(Gun)보드, 말리부(Malibu), 미니말
(Minimal) 등이 있는데 서퍼의 기술과 파도의 크기에 따라 그 쓰임
새가 다르다. 초보자를 위한 보드에는 펀(Fun)보드, 폼(foam)보드,
소프트(Soft)보드가 있고 내가 탔던 부기보드는 정식 명칭이 바디
(Body)보드로서 일어서기 보단 엎드려서 타는 보드이다. 작은 파도
에서 서핑을 즐길 수 있게끔 특화된 보드인데 주로 폼(Foam)으로
만들어져 있어 실내 수영장에서 강습받을 때 사용하는 킥판의 큰

버전이라고 생각하면 될 듯하다. 마지막으로는 스탠드업패들보드가 있다. 이 보드는 보트의 노 같이 생긴 긴 막대, 패들(Paddle)을 가지고 물을 저으면서 서서타는 보드이다. 이건 파도타기용이라기보다는 잔잔한 물 위에서 즐기는 보드라고 할 수 있다.

멀리까지 나가도 수심이 깊지 않아 제법 걸어 나가서 파도가 밀려오는 타이밍을 맞추어 부기보드에 몸을 실어본다. 요령이 어렵지 않아 타이밍만 잘 맞추면 해변의 끝자락까지 갈 수 있을 것 같다. 한 두 번 해보니 요령이 생겨서 해변까지 쭉 밀려오는데 이래서 보드를 타는구나 생각이 들 정도로 정말 재밌다. 물론 부기보드라 큰 파도를 타는 서핑보드와는 비교가 안되겠지만 말이다.

어느 나이 지긋하신 분 역시 내 옆에서 부기보드를 타고 계셨는데 나보고 부기보드를 뒤집어서 타고 있다고 말씀해주셨다. 아마 부기보드에도 앞면, 뒷면이 있는 모양이었다. 그 어르신이 조언해 주신대로 뒤집어서 다시 탔더니 더 잘 나가는 느낌이었다. 큰 아이는 해변가 근처에서 짧은 거리로만 부기보드를 즐겼고 둘째 아이는 아직 어리기에 보드를 타진 못하고 밀려오는 파도를 술래 삼아 술래잡기 놀이를 즐긴다. 어느 순간 하늘을 배경으로 무지개가 뜬다. 어제 봤던 쌍무지개는 아니었지만 여전히 하와이답다. 무지개주라고 할 만큼 무지개를 자주 볼 수 있고 무지개를 보면 언젠가 다시 하와이를 온다는 속설이 있으니 우리는 세 번 더 오겠구나 라며 다음을 기약해본다.

제주도
쇠소깍

　'쇠소깍'이라는 말을 처음 접했을 때 제주도를 여러 번 방문했었지만 처음 들어보는 지명이었을 뿐만 아니라 어감이 상당히 특이했다. 쇠소깍은 제주도 남쪽 서귀포시 하효동에 위치한 효돈천의 끝자락을 가리키는 것이며 '쇠소'는 효돈마을의 소가 누워있는 모습의 연못, '깍'은 끝을 의미하는 접미사 '각'으로 제주도 방언으로 '쇠소깍'이라고 한다. 이 효돈천의 시작은 한라산인데 산에서부터 흘러 내려온 물줄기가 바다와 만나기 바로 직전 깊은 웅덩이를 만들어 유난히 짙푸른 에메랄드 빛을 띤다. 하와이의 카일루아 지역에 있는 카엘레풀루 연못(Ka'elepulu Pond)이 카일루아 비치와 만나듯 효돈천이 하효 쇠소깍 해변과 만난다. 다만 하와이는 카일루아 비치(바다/해수)가 유명하지만 제주도에서는 비치보다는 쇠소깍(연못/담수)이 더 유명하다.

　하효 쇠소깍 비치는 검은 모래로 이루어진 해변이다. 제주도에는 한반도 내륙과는 달리 검은 모래로 이루어진 해변이 많은데 아무래도 제주도는 현무암 지질이라 비가 오더라도 물이 지하로 바로 흘러 하천이 발달하지 않았고 그렇기에 해변까지 쓸려 내려오는 모래의 양이 적기 때문이라고 한다. 반대로 바다에서 오는 조개 껍데기 등의 부서진 알갱이와 현무암 성분이 서로 쌓이고 섞여 검은 모래처럼 보이게 되는 것인데 제주도의 검은 모래 해변은 쇠소깍 해변을 비롯해 삼양해수욕장, 화순금모래해수욕장, 우도 검멀레 해변이 있다. 우도의 검멀레 해변의 '검멀레'는 제주방언으로서 검은 모래를 말하는 것이다.

하와이 카일루아 비치에서는 서핑을 했다면 쇠소깍에서는 카약타기다. 예전에는 카약을 탔을 때 바닥을 훤히 볼 수 있는 투명 카약이었다곤 하지만 미세플라스틱으로부터 효돈천 보호를 위해

투명카약 운행은 중단하고 대신 나무로 된 카약을 운행 시킨다고
한다. 성인 2명이 탈 수 있고, 성인 1명 대신 아이 2명이 탈 수도 있
어 작은 배 타기를 무서워하는, 심지어 배를 타고 노까지 저어야
하는 상황이었기에 아내는 타지 않고 내가 아이 둘을 데리고 타게
되었다. 역시나 아이들은 작은 배라도 전혀 무서워하지 않고 오히
려 깔깔대며 좋아한다. 서로 노를 저어보겠다지만 아직은 무리라
며 아빠가 노를 젓겠노라며 달랜다. 카약을 타는 곳에서부터 효돈
천 물이 떨어지는 곳까지 갔다가 다시 돌아오는데 30분 정도면 충
분하다. 노를 젓는 방향에 따라 이리저리 갈 수도 있기에 쇠소깍
양쪽에 병풍처럼 둘러져 있는 기암괴석까지 가서 그 돌을 만져도
보았다. 아이들은 깊이를 알 수 없는 괴석 아래 비친 어두운 물 색
깔 때문에 무섭다고 했다.

나무 카약을 타고 반환점 부근엔 효돈천에서 흘러내려오는 물이 나지막히 떨어지는 곳이 있다. 평소엔 물이 떨어지는 모습은 볼 수 없고 비가 온 뒤에야 떨어지는 물을 볼 수가 있다고 하여 카약을 탔던 그 날 며칠 전에도 비가 제법 내린 듯 하다. 어느 새 반환점을 돌아 노를 젓는 것도 익숙해지고 여유가 생겨 물 속으로 손을 넣어 보기도 했다. 그 순간 둘째 녀석이 화장실이 급하다고 한다. 지금의 속도로 노를 저어간다면 10분 이상은 걸릴 것 같았다. 혹시나 카약 위에서 불상사가 일어나진 않을까 노심초사하며 그 때부터 두 배의 속도로 노를 젓기 시작했다. 8월이라 무더운 날씨에 땀을 뻘뻘 흘리며 노를 힘차게 젓는 모습이 멀리서 보고 있던 아내에게는 너무 우스꽝스러운 모습이었나 보다. 카약 위에서 나의 애타는 심정을 아는지 모르는지 멀리서 흐뭇한 미소를 짓고 있었다. 다행히도 선착장에 잘 도착해서 무사히 상황 종료가 되었다.

쇠소깍에서 탈 것은 카약 말고도 '테우'라는 것이 있다. 테우는 배의 모습과는 달리 넓은 직사각형 모양의 넓은 판처럼 생겼고 장변 방향으로 의자가 놓여 있어 한 번에 10명 이상의 사람들이 앉아서 이동할 수 있게 되어 있다. 별도의 노를 저을 필요 없이 테우가 출발하는 점과 종착점이 밧줄로 연결되어 있고 그 줄이 테우와도 연결되어 있어 인력으로 줄을 당기면서 이동하는 형태이다. 그래서 노를 젓기엔 연로하시거나 아이들이 많은 경우 또는 단체로 테우를 타는 경우가 많다. 원래 테우는 제주에서 해녀들이 해산물을 채취하여 이동 수단으로 사용하거나 물자의 이동에 사용한 전통배라고 한다. 이런 테우가 쇠소깍에선 관광의 수단으로서 역할을 톡톡히 하고 있었다.

그리고 하나 더! 선착장에서 위로 올라오니 '하늘그네'라고 해서 자그마한 놀이기구 타는 것이 있었는데 작다고 해서 만만하게 볼 건 아니었다. 일반적인 그네줄이 아닌 철제 프레임으로 만들어진, 그리고 기계장치와 연결된 그네를 타고 360도 한 바퀴 도는 것이 가능한 그네라고 했다. 어릴적 그네를 탈 때, 정말 있는 힘껏 탈 때 한 바퀴 돌 수 있을까라고 누구나 한 번쯤은 생각해 보지 않았는가! 그 꿈을 실현시켜 주는 그런 그네였다. 하지만 앞서 타고 있는 젊은 남자를 보고 있으니 두려움이 많아 보여 절대 한 바퀴를 돌지는 못할 것 같았다. 아무리 철제 프레임 그네줄에 안전 장치로 몸이 다 묶여 있긴 하지만 사실 그네를 타고 한 바퀴 도는 게 쉬운 일은 아니다.

평소에 그네 타기를 좋아하는 두 딸아이가 도전했다. 둘째가 먼저 탔다. 발을 디딜 때마다 회전을 도와주는 기계 장치에서 '우~웅'하는 소리가 났다. 그네의 왕복하는 각도가 커질수록 기계 장치의 도움 보다는 작용 반작용의 힘으로 쉽게 올라가고 내려가는 것 같았다. 처음 시작점에서부터 올라가는 최대 각이 90도에 가까워 질수록 놀이 기구의 주인 아저씨께서 진행되는 각도를 외쳐 주셨다. 그네를 타기 전 그 주인 아저씨께선 그네를 탈 수 있는 누구나 한 바퀴 돌 수 있고 마음 먹기에 달렸다고 하셨다. 둘째 아이는 90도를 넘어 100도 전후로 왕복하기 시작했지만 결국 한 바퀴를 돌진 못했다. 사실 기대도 안했지만, 마음 먹기가 쉽진 않았겠지… 그 다음에 탄 첫째 녀석은 오히려 둘째가 탔던 최대각도보다 조금 더 못미쳐 아쉬워했다. 그런 언니에게 동생은 내가 더 잘 탔다며 놀리기도 한다. 마지막으로 쇠소깍을 위에서 관망할 수 있는 데크 산책로를 함께 거닐며 쇠소깍의 초록스러운 마지막 풍경을 눈에 담았다.

대만

예려우 지질공원

　　대만, 특히 타이베이 여행을 다녀왔다거나 혹은 다녀오진 않았더라도 여행 계획을 해봤다면 한 번쯤 들어봤을 것이다. '예스진지', '예스폭지', '예스지', '예스허지'. '예스폭진지'… 무슨 암호같은 말인가 싶겠지만 타이베이에서 아주 멀진 않은, 그래도 시간을 내어야만 다녀올 수 있는 근교 여행지의 앞 글자를 딴 것이다. 유명 여행지인 예려우 지질공원, 스펀, (스펀)폭포, 허우통, 진과스, 지우펀의 각 앞 글자를 딴 투어가 여럿 있어 그렇게 불리우는 것이며 우리도 예려우 지질공원, 스펀, 스펀폭포, 지우펀을 하루에 돌아볼 수 있는 '예스폭지' 버스투어를 여행 떠나기 전 미리 신청한 상황이었다.

　　타이베이역에서 출발한 대형 버스는 한 시간여를 달려 예려우 지질공원에 도착했다. 도착할 때쯤 되니 날씨가 살짝 흐려지며 바람도 많이 불기 시작했다. 투어 가이드가 얘기하길 예려우 지질

공원은 섬 북쪽의 바닷가에 접해 있어 맑은 날 보다는 흐리거나 비가 오는 경우가 많다고 하며 그래도 오늘은 비가 오지 않아 그나마 다행이라고 했다.

예려우 지질공원은 해안에 위치함으로서 오랜 기간 바닷바람과 파도에 의한 풍화작용과 침식을 거쳐 자연스럽게 형성된 여러 모양의 기암 괴석으로 구성되어 있다. 마치 튀르키예 카파도키아의 독특한 지형이 떠오른다. 비록 카파도키아의 기암 괴석들은 해안가가 아닌 내륙 지역에 위치 해있다는 것과 화산 폭발 이후 풍화작용이 원인이라는 것이 예려우 지질공원과 다르긴 하지만…

예려우 지질공원의 괴석들은 세계 지질학계에서도 아주 중요한 해양 생태계 자원으로 평가받고 있으며 그 모양이 다양하여 여왕 머리 바위, 촛대 바위, 아이스크림 바위, 생강 바위, 버섯 바위, 하트 바위, 선녀 신발 바위, 치킨 바위 등으로 불리우는데 딱 보면 왜 그런 이름인지 단번에 알 수 있다. 그 중에 여왕 머리 바위가 가장 유명해서 그것을 배경으로 사진을 찍으려는 관광객들이 긴 줄을 서며 기다린다. 머리에 관을 쓴 유명한 여왕 또는 왕비의 모습을 닮아 있는데 고대 이집트 네페르티티 왕비의 흉상과 그 모습이 매우 닮았다.

우리 가족도 여왕 머리 바위를 배경으로 사진을 찍고 싶었으나 줄이 너무 길었기에 그 줄을 기다린다면 투어 버스에 복귀하는 시간을 맞추긴 어려워 보였다. 대신 그 바위의 뒷면에서 사진을 찍었다. 지질공원에서 매표소가 있는 공원 입구까지 걸어가다 보면 중간에 여왕 머리 바위를 흉내 내어 만든 인공 조각물이 있는데 그것을 배경으로 사진을 찍어 누군가에게 여왕 머리 바위를 배경으로 찍은 사진이다라고 설명하면 감쪽같을 거라고 투어 가이드가 알려주었다. 101타워 앞에 있는 'LOVE' 조형물 사진 찍을 때 사람들이 많으면 뒤에서 찍어서 미러 기능으로 편집하면 감쪽같다고 알려준 그 가이드가 말이다.

그런데 실제로 머지 않은 미래에 진짜 여왕 머리 바위를 배경으로 사진을 찍지 못할 수도 있겠다. 여왕 머리 바위가 목이 점점 가늘어지는 병을 앓고 있기 때문이다. 머리 아래 잘록한 목 부분이 침식이 계속 되어 더욱 더 잘록해지고 있다는 의미인데 만약 부러진다면 정말 안타까울 일이 아닐 수 없을 것이다. 그래서 여러 전문가들이 침식 방지 및 보수, 보강을 위해 지금도 계속 노력 중이라고 한다.

예려우 지질공원은 크게 3구역으로 나뉘어져 있을 만큼 넓은 지역인데 단체 투어의 특성상 오랜 시간 둘러볼 수 없어서 아쉬웠다. 3구역부터 관람을 시작하여 여왕 머리 바위가 있는 2구역을 보고 나니 20여분 남짓 남았다. 촛대 바위, 아이스크림 바위, 하트 바위 등이 있는 1구역도 놓칠 수 없어 두 아이들과 부랴부랴 관람을 시작했다.

예려우 지질공원에는 중간 중간에 암석으로의 접근 금지를 관리하는 관리자가 있는데 그 중 한 분이 사진을 찍어주시겠다며 포즈를 취해보라고 하셨다. 사실 처음엔 투어 버스에 타기 전 남은 시간도 많지 않거니와 과한 친절이라고 생각해 괜찮다며 정중히 거절했지만 특정 포즈를 취하면 작품 사진이 나올거라며 샘플 사진을 찍어 보여주셨다. 공주 머리 바위를 배경으로 찍는 사진이었는데 얼굴을 앞으로 살짝 내밀어 입술을 '우~'하고 내밀면 그 모습이 중첩되어 마치 공주와 뽀뽀하는 장면이 연출되는 것이었다. 이런 작품 사진을 위해 그 관리자 분은 호의를 베푸셨던 것인데 그걸 알아보지 못하고 거절한 것이 살짝 미안해졌다. 우리는 가족

모두 한 명씩 공주와 뽀뽀하는 사진을 찍고 누가누가 가장 정말로 뽀뽀하는 것처럼 나왔는지 비교도 해보았다.

예려우 지질공원을 뒤로 하고 투어 버스에 올라탔다. 각 여행사에서 운영하는 투어 버스들이 주차장에 가득 있었다. 우리의 다음 코스는 스펀이다. 이곳 예려우 지질공원에서 어떤 버스는 진과스를 지나 "지우펀"으로, 또 다른 버스는 스펀 폭포를 지나 "지우펀"으로, 허우통을 지나는 버스도 결국 최종 목적지는 "지우펀"일 텐데, 결국 마지막 한 관광지 "지우펀"에서 이 많은 관람객들과 같이 해야한다고 생각하니 왜 지우펀을 '지옥펀'이라고 하는지 알 수 있을 것 같았다. 그 날 우리의 지우펀은 사람이 많은 '지옥펀'이 아닌 태풍급 비바람이 몰아친 '지옥펀'이었지만 말이다.

변산반도
채석강

　　전북 부안군이 있는 우리나라 서쪽 변산반도는 외변산과 내변산으로 구분되어 불린다. 반도의 튀어나온 해안을 중심으로는 외변산, 반도 안쪽의 산악지대를 중심으로는 내변산이라고 하는데 외변산에서 잘 알려진 곳 중 하나가 채석강이다. 대부분의 사람들이 나와 같은 생각을 했을거라 짐작하는데 나는 채석"강"이 당연히 "강"인줄 알았다. 그렇게 생각할 수 밖에 없는 이유를 변명해보자면 실제로 채석강은 중국에 있는 강 이름이다. 중국 당나라의 유명한 시인 이태백이 달빛이 밝게 비추는 어느 날 밤 술을 마시며 뱃놀이를 하다가 강물에 비춰진 달을 잡기 위해 뛰어들었다는 강이 채석강인데 이 곳의 채석강이 그 곳의 채석강처럼 아름답다고 하여 이름을 따왔다고 하니 전혀 잘못된 생각은 아닌 것이다. 어쨌든 전북 부안에 있는 우리나라 채석강은 "바다"다. 바다이기에 해수욕장이 있고 물놀이라고 하면 자다가도 벌떡 일어나는 아이들에게는 좋아하지 않을 수 없는 장소다. 예려우 지질공원에서는 바라볼 수 있는 바다가 있다면 채석강에서는 즐길 수 있는 바다가 있다.

　채석강은 국가지질공원으로 1976년 4월 전라북도기념물 제28호로 지정되었고, 2004년 11월에는 명승 제13호로 지정된 바 있다. 선캄브리아대 화강암과 편마암을 기저층으로 한 중생대 백악기의 지층이 마치 수천, 수 만권의 책을 쌓아 놓은 것처럼 퇴적되어 있어 그 지형을 보는 이로 하여금 감탄을 자아내게끔 한다. 예려우 지질공원은 바닷물의 침식과 풍화작용으로 돌을 깎아내어 기암괴석을 만들어 냈다면 채석강은 기암 괴석은 없지만 차곡차곡 쌓인 퇴적층에 바닷물의 침식으로 해식 동굴을 비롯하여 지층의 단면을 잘 만들어냈다. 자연의 힘에 따라 각기 다른 형태의 지질공원이 만들어졌지만 많은 사람들을 이 두 곳으로 이끌게 하는 데에는 전혀 차이가 없다.

　첫 방문은 2018년 여름이었다. 우리나라 서해안은 밀물과 썰물의 조수 간만 차가 크기 때문에 멋들어진 퇴적층을 즐기려면 물때를 잘 맞춰야 한다. 방문했던 시간이 완전히 물이 빠지지 않은 상태였기에 채석강 옆 격포 해수욕장에서 잠깐 놀기로 했다. 아이들은 파도 놀이를 하며 해변가로 떠내려온 미역을 가지고 놀기도 하고 만조시 물 속에 있었을 바위에 붙은 조개, 말미잘같이 생긴 이름모를 생물체를 관찰하며 시간을 보냈다. 예려우 지

질공원에서는 바닥에 조개 화석이 있었는데 대신 여긴 실물 조
개가 있다.

예려우 지질공원 조개 화석

　바닷물이 완전히 빠진 뒤 격포 해수욕장에서 지층이 있는 곳
으로 연결된 퇴적층 바닥을 걷기 시작했다. 바다쪽과 반대방향의
지층 절벽 앞에는 안전 로프를 설치해 접근을 제한하고 있었다.
퇴적층이다 보니 돌의 부산물들이 떨어지지나 않을까 하는 것에
대비한 안전 조치였다. 바닥의 중간중간 움푹 들어간 곳에는 썰물
때 미쳐 빠져나가지 못한 바닷물이 고여 있었고 아주 작은 물고기
들은 재빠른 헤엄으로 이리저리 왔다갔다 하고 있었다. 아이들이
잡겠다는 걸 비웃기라도 하듯…
　매우 미끄러운 곳도 있어 아이들이나 어르신과 이동할 때에
는 주의를 해야 한다. 조금 더 안쪽으로 들어가니 높은 퇴적층 절
벽이 장관을 이룬다. 이국적이다. 관광객도 많고 바닥은 울퉁불퉁

하며 미끄러운 곳이 많아 누군가에게 섣불리 사진을 찍어달라는 부탁을 하기 쉽지 않은 상황이었지만 남는 건 사진 뿐이라는 생각에, 그리고 이런 멋진 배경을 그냥 지나치면 멋진 풍광에 대한 예의가 아니다라는 생각에 사진 부탁을 해본다. 예상했던 대로 이국적인 멋진 사진이 나왔고 사진 촬영을 부탁하길 잘했다는 생각이 들었다.

사진 찍은 장소를 지나 좀 더 안쪽으로 가보고자 했으나 무더운 날씨에 아이들은 지쳐있었고 험한 바위 지형을 지나야 할 것 같아 더 이상 가지 않고 다음을 기약했다.

기약했던 그 다음은 그리 오래 걸리지 않은 바로 다음 해였다. SNS를 보다가 채석강에서 찍은 사진이라고 해서 한참 보았는데 침식(해식) 동굴 안쪽에서 바깥을 찍어 사람의 형태가 바다와 하늘을 배경으로 역광의 형태로 나타나고 동굴의 윤곽선이 뚜렷이 나타나는 그런 사진이었다. 분명히 다녀간 채석강이었는데 이런 곳이 있었나 싶을 정도로 생소해 관련 내용을 좀 더 찾아보기 시작했다. 전년도에 방문해 이국적인 사진을 찍었던 곳에서 안쪽으로 좀 더 들어가면 이러한 해식 동굴이 있었던 것이었다. 전해 우리가 이동했던 방향에서 가면 시간이 더 걸리고 반대쪽, 그러니까 격포항이 있는 쪽에서 이동하면 훨씬 더 빠르고 쉽다는 것을 알았다.

채석강을 다시 방문했을 때에도 지난번과 동일하게 격포해수욕장에서 진입했다. 예전 그 모습을 다시 보고 싶어서였다. 대신 이국적으로 찍었던 사진 위치에서 더 나아가 험한 돌을 오르내리며 SNS에서 봤던 해식동굴로 향했다. 한 해 동안 아이들의 체력이 늘어났는지 쉽게 따라왔다. 아니 오히려 등산하듯이 즐겼다. 혹여나 돌에서 미끄러질까봐 조심 또 조심했다. 결국은 그 해식동굴을 찾을 수 있었고 SNS에서 보던 멋진 역광 사진을 찍자며 포즈를 잡아보았다.

사진은 예쁘게 나왔지만 그 안쪽은 스산했고 양옆으로 올라가 사진을 찍기에는 아이들에겐 위험했다.

동굴을 지나 격포항 쪽으로 이동하니 격포방파제의 테트라포트가 보였고 계단을 통해 방파제로 이어지는 지상으로 올라가기 전에는 물결처럼 휘어져 있는 지층의 모습도 있어 자연의 위대함을 새삼 느낄 수 있었다.

방파제 위로 올라오니 두 아이들은 지금까지 걸어왔던 그 길을 되돌아갈 순 없단다. 당연했다. 험한 돌 바닥을 4~50분 정도 걸어왔으니… 대신 내가 희생하기로 했다. 차를 주차한 곳까지 가는 지름길이 있었다. 삐뚤빼뚤한 돌바닥을 걸으며 해안을 되돌아가기엔 사실 나도 지쳐있었으니 잘된 일이었다. 가는 길은 걸어서 약 10분 정도였고 중간에 채석강을 언덕에서 조망할 수 있는 닭이

봉으로 올라가는 샛길도 보였다.

처음 주차한 곳에서 차를 몰고 와 아내와 두 아이들을 태우고 적벽강으로 향했다. 적벽강 역시 채석강과 같은 지질로 연결된 곳이며 해질녘 노을이 붉으스름한 암석을 더욱 붉게 만들어 '적벽'을 보여준다. 송나라 시인 소동파가 좋아했으며 삼국지의 적벽대전의 배경인 중국 후베이성의 적벽과 닮았다고 해서 붙여진 이름이라고 하는데, 채석강도 그렇고 굳이 다른 나라에 있는 지명을 따왔어야 했나라는 생각도 드는 반면 얼마나 아름답길래 이름까지 따왔을까라는 생각에 한 번쯤은 가보고 싶다는 생각이 들었다. 적벽강에선 둘째 아이가 많이 피곤했는지 잠들어버려 나이에 어울리지 않는 유모차에 태웠다. 기념사진을 찍는다고 억지로 깨워 안았더니 오만상을 다 짓는다.

부안 여행을 하면서 기억나는 장소가 하나 더 있다. 곰소염전이다. 우리나라에서 천일염을 생산하는 몇 안되는 염전인데 일제 말기에 만들어져 해방 이후부터 천일염을 생산했다고 한다. 책에서만 보고 들었던 염전을 실제로 와서 보니 그 풍경 자체로 새롭게 느껴졌는데 그곳에서 우리가 먹는 소금이 수확된다고 하니 신기하기도 했다. 다만, 염전의 대부분이 비어 있어 염전에서 일하시는 분들이 많이 줄었다는 것을 새삼 느낄 수 있었고 그만큼 염전 산업이 침체한 것 같아 너무 안타까웠다.

비교	예려우 지질공원	채석강
위치	대만 신베이시(신북시) 예류반도 북서쪽 해안	전라북도 부안군 변산반도 국립공원
형성원인	해양 침식과 풍화작용으로 인한 지질 형성	해양 침식과 풍화작용으로 형성된 퇴적암층
형성시기	약 2,000만 년 전	약 7천만 년 전 (백악기 시기)
면적	약 1.7㎢	약 1.5㎢
주요특징	버섯바위, 여왕머리바위 등 독특한 기암괴석	수직으로 쌓인 퇴적암층의 절경
특별 명소	여왕머리바위, 촛대바위, 버섯바위 등	채석강의 단층 절벽, 부드러운 퇴적암층의 퇴적물
보호구역 여부	자연 보호구역으로 지정 (기암괴석 보호를 위한 접근 제한 구역 있음)	변산반도 국립공원 내 자연 보호구역(자연 보호 구역 내에서의 환경 보호 규정 적용)
지질학적 중요성	독특한 지질학적 형상으로 세계적으로 유명	백악기 시대의 퇴적암 지층을 관찰할 수 있는 장소

| TIP | **내가 변산을 여행했던 일정** |

1일차	○	채석강/격포 해수욕장, 고사포 해수욕장, 적벽강
2일차	○	슬지제빵소, 곰소염전
3일차	○	부안청자박물관(도자기만들기 체험)

하와이

오하우
하나우마베이

출처: pexels.com

하나우마베이는 하와이 오하우섬을 대표하는 최고의 스노클링 스팟이다. Bay이기 때문에 해안선이 내륙으로 움푹 들어와 있는 모습이지만 아주 오래 전에는 분화구였었다. 그 분화구가 세월이 지남에 따라 한쪽이 무너져 내렸고 그 틈을 타고 바닷물이 들어오면서 지금의 모습이 된 것이다. 그 무너져 내린 분화구의 한 면과 바닷속에 있는 산호들이 큰 파도를 막아 주어 만 내에는 잔잔한 파도만이 넘실거리며 물 속은 해양 생물들의 보금자리가 되었다. 이런 자연의 보고를 하와이 주 정부에서는 강력하게 관리하고 있으며, 그렇기 때문에 이용할 수 있는 인원 수와 이용 시간을 정하고 있다. (최근에는 월요일과 화요일이 휴무에다 방문하기 이틀 전 예약을 해야하는 시스템이라고 한다. 심지어 예약하기도 쉽지 않은 듯 하다.) 그리고 관광안내소에서 해변으로 내려가기 전 하나우마베이에서 지켜야 할 내용이 담긴 자연 보호와 관련된 영

상 시청이 필수 코스다. 7~8분 정도 소요되는데 다 보고 나면 다음 번에 방문할 때에는 영상 시청을 건너 뛸 수가 있어 명단을 적으라고 했지만 다음 번 방문의 기약이 없었기에 명단은 작성하지 않고 바로 나왔다.

거기서 부터는 쭉 내려가는 길이다. 200미터 정도되는 길인데 길 가운데에는 로프가 있어 한 쪽은 걸어갈 수 있게 해 놓았고 나머지 한 쪽은 트램이 다닐 수 있는 길로 만들어 놓았다. 길이 생각보다 가파르기 때문에 무더운 날씨에는 트램이 필요할 수도 있다고 생각했다. 물론 유료다. 내려가는 길에서 하나우마베이의 전경을 볼 수 있고 그것을 배경으로 사진을 찍으면 인생샷을 건지겠다는 생각에 두 아이와 함께 걸어 내려갔다. 역시나 수없이 많이 들어보고 사진으로 봐왔던 최고의 관광지답게 멋진 모습을 보여주고 있었다. 구멍이 숭숭 뚫려있는 돌로 자그마한 담벼락을 만들어 놓은 것이 꼭 제주도의 담벼락과 닮았으며 하나우마베이 방문 이후 제주도의 중문색달해수욕장으로 내려가는 길에서 그와 비슷한 느낌을 받았다.

내려가는 길에서 하나우마베이 전경을 볼 수 있다. 해변에서 좌측 끝으로 보이는 곳에는 Toilet Bowl이라고 불리우는 곳이 있다. 여기는 파도가 칠 때마다 바닷물이 위 아래로 힘차게 움직이며 그 모습이 꼭 변기 물 내릴 때 모습과 유사하다고 해서 변기 볼

(Toilet Bowl)이라고 한다. 하지만 여기까지는 갈 수 없다. 예전에 그곳을 찾은 한 관광객이 다쳤는데 안전 관리가 소홀하다고 하여 소송을 진행하게 되었다고 한다. 그게 지금껏 이어져 통제하기 시작했고 하와이 주민들은 자연이 선물한 소중한 지역을 갈 수 없게 되어 안타깝게 된 셈이다.

반대쪽에는 Witch's Brew가 있다. 마녀가 풀어 놓은 독약처럼 동물의 사체나 각종 쓰레기가 가득 떠 있는 곳이며 이 곳 역시 접근하기에는 어려움이 있다.

우리는 해변과 가까운 지역을 살펴 보며 어디서 스노클링을 할지 찾아 보았다. 전반적으로 짙고 검게 보이는 곳이 산호가 있는 곳이고 가운데 에메랄드 빛으로 반짝이는 곳은 산호가 없는 모래 바닥이었는데(그 곳을 열쇠구멍 라군/keyhole lagoon이라고 한다.) 그 모래 바닥을 기준으로 좌측 편의 산호 쪽으로 가서 스노클링을 하기로 했다.

둘째 딸아이는 스노클링 하기엔 아직 어렸지만 첫째 딸아이는 곧 잘했다. 미리 준비해 간 오리발과 스노클링 장비를 장착하고 내가 먼저 들어가보았다. 역시나 모래 바닥보다 산호가 있는 쪽으로 이동하니 각종 물고기들이 보이기 시작한다. 노랑, 파랑 등 원색의 물고기도 보였고 은빛처럼 반짝반짝 빛나는 물고기도 보였다. 지금껏 스노클링을 하면서 본 것과는 달리 종류도 많았고 떼를 지어서 가는 모습도 볼 수 있어 색다른 경험이었다. 물속에서 나와 첫째 아이를 데리고 다시 들어갔다. 내가 오리발을 하고 있었기에 아이 한 쪽 손을 잡고 내가 발차기를 하기 시작했고 물속으로 얼굴을 쏙 넣고 있는 아이는 내가 보고 있는 물고기를 같이 보면서 웅얼웅얼 거렸다. 나머지 한 쪽 손으로는 여러 물고기를 가리킨다.

한참 동안 스노클링을 즐기다 딸아이가 특별한 걸 발견한 모양이다. 물장구가 빨라졌으며 여러 물고기를 가리키던 한 쪽 손으로 재빨리 어느 한 곳을 보라고 손짓한다. 후무후무누쿠누쿠아푸아아(humuhumunukunukuāpua'a)를 만났다. 들어는 보았는가? '후무후무누쿠누쿠아푸아아!' 이는 리프 트리거피쉬(Reef triggerfish)의 하와이 현지어로서 쥐치복과에 속하는 물고기인데 하와이를 대표하는 주어(州魚)이다. 후무후무누쿠누쿠아푸아아는 '돼지 소리를 내는 물고기'라는 뜻을 가지고 있다고 하지만 실제로 소리를 내는지는 의문이다. 움직임이 재빨라 발견하자마자 좁디좁은 산호 틈새로 쏙 들어가버리고 만다. 위협을 느낄 때 암초 틈에 몸을 재빠르게 숨기려는 속성 때문이다. 첫째 아이는 책에서만 봤던 그 물고기를 봤다며 동생에게 계속 얄미운 자랑을 늘어 놓는다. 스노클링 장비가 익숙치 않아 '수중어항관찰'이라는 도구를 가지고 물 속을 볼 수 있게끔 도와 주어 그나마 몇 마리 물고기를 볼 수 있었다. 후무후무누쿠누쿠아푸아아는 결국 못 봤지만!

　첫째 아이는 오랜 시간 스노클링을 하다 보니 지치는 모양이었다. 물 밖으로 나와 휴식을 취하며 동생과 모래놀이를 시작했다. 둘째 아이는 모래 놀이를 좋아해 스노클링 대신 모래 놀이 삼매경에 빠져있었다. 나는 모래로 덮어줄테니 누워보라고 한 뒤 몸 위로 불룩한 모래 언덕이 되게끔 만들어 주었다.

　이른 아침에 도착해 해변을 즐기다 보니 어느 덧 점심 무렵이 되었다. 아쉬운 맘을 달래며 자리에서 일어났다. 첫째 아이는 다음 날에도 또 오자고 했지만 다음 번에 하와이 여행을 다시 하게 된다면 꼭 여기 다시 오자고 대답을 해주었다. 주차장까지 올라갈 때도 역시 트램 이용 없이 걸어 올라갔다. 비가 내리기 시작했다. 좀 전까지만 해도 화창한 맑은 날씨 였는데 금세 날씨가 바뀌니 변화무쌍하다. 이번 하와이 여행에서 이상 기온 때문에 추워 물놀이다운 물놀이를 즐기지 못했었는데 그래도 오늘만큼은 날씨 요정이 우리를 잘 이끌어줬나보다. 오후에는 숙소인 힐튼하와이안 빌리지 수영장에서 놀자고 하며 그렇게 하나우마베이를 떠났다.

제주도
중문색달해수욕장 &
우도 검멀레 해변

　　하와이의 하나우마베이와 제주도의 중문색달해변은 완전히 다르다. 산호해변으로 이루어진 하나우마베이는 파도가 없어 스노클링의 최적지로 매우 유명한 만(Bay)이 반면, 중문색달해변은 제주도 내에서도 파도가 높고 잦은 편이라 우리나라 동해안과 더불어 서핑의 최적지로 알려져 있는 곳이다. 하지만 내가 두 여행지에서 느꼈던 비슷한 점은 각 해변으로 내려가는 길이었다. 하나우마베이의 관광안내소에서 해변으로 내려가는 약 200미터 남짓의 길이 중문색달해변 주차장에서 해변까지 내려가는 200미터가 닮았기 때문이다. 색달해변으로 내려가는 길 옆은 현무암으로 만든 듯한 6각형 모양의 마감재를 사용하여 낮은 담벼락을 만들어 놓았고 중간 중간 기둥식 조명도 설치되어 있다.

하나우마베이 내려가는 길

바닥 역시 돌 마감을 포함하여 아스팔트로 되어 있으며 해변에 다다를 때쯤이면 공중 화장실 및 샤워시설, 발에 묻은 모래를 씻을 수 있는 수도시설이 있다. 관광 포인트는 내려가는 길에 색달해변의 전경을 볼 수 있다는 점이다. 우리가 방문했던 날은 흐리고 바람도 제법 부는 날이었기에 파도가 더 거세어 보였다. 아무리 서핑이 최적화 되어있다는 해변이지만 그렇게 큰 파도에 서핑을 즐기는 사람이 있을까 싶을 정도였지만 먼 바다에서 이미 서핑을 즐기는 사람이 많이 있었고 해변가에서도 바다로 나가기 위해 준비하는 사람들이 많았다. 우리는 그냥 거친 파도가 있는 먼바다를 쳐다보며 모래 사장을 거니는 것 이외엔 할 수 있는 게 없었다. 거친 파도의 물줄기가 옷과 신발에 닿지 않기를 바랬기 때문이었다.

해변에서 내려갔던 길을 따라 다시 올라오면 멋진 카페가 하나 보인다. '더클리프'라는 카페인데 다양한 음료와 피자, 치킨 등 간단한 먹거리를 즐길 수 있으며 저녁에는 실내에서 바를 운영한다고 한다. 이국적인 야외 테이블과 드러누울 수 있는 빈백(bean-bag)이 마치 발리 해변가의 비치클럽을 연상시킨다. 거기서 보는 풍광도 멋져 중문해수욕장의 전체적인 모습을 광각으로 눈에 담을 수 있다. 반대편 끝에는 舊하얏트리젠시 호텔의 랜드마크 건물이 보인다. 야자수와 함께 아이들 사진을 찍고 나서 보니 해외의 어느 곳이라고 해도 믿을 것 같다. 하지만 야자수 옆에는 하루방이 있어 같이 찍힌 걸 보면 여긴 제주도다 싶을거다.

하나우마베이가 만(灣, Bay)이기 때문에 지형상으로는 제주도 우도 검멀레 해변과 닮아 있다. 하나우마 베이에 비하면 검멀레 해변은 아주 아담한 크기지만 해변 끝에서 좌측으로 연결된 언덕의 끝은 하나우마베이 변기볼(Toilet Bowl)이 있는 곳이고 만(灣, Bay)을 만드는 곡선의 오른쪽 마지막 끝은 마녀의 물약(Witch's Brew)이 있는 곳이라고 보면 어떨까? 물론 위아래로 움직이는 파도는 볼 수 없고 동물의 사체, 각종 쓰레기 더미 또한 없겠지만…

대신 Witch's Brew에 대응하는 곳에 고래가 살았다는 전설이 전해지는 동굴이 있다. 이 동굴은 소의 콧구멍을 닮았다하여, '검은코꾸망'이라 불리는데, 밀물 때는 동굴의 윗부분만 보이지만,

썰물에는 동굴 전체가 드러나 동굴 안으로 접근 할 수 있다. 동굴 내부는 관광객들이 쌓아 올린 작은 돌탑 등이 있으며, 안에서 작은 음악회가 열렸을 정도로 꽤 큰 규모다. 검은코꾸망을 지나면 또 하나의 동굴이 나타나는데, 내부가 온통 붉어 '붉은코꾸망'이라 불린다. 동안경굴(東岸鯨窟)이라고도 하는데 우도 팔경 중 하나이다.(비짓 제주 홈페이지 내용 참조)

검멀레 해변에 내려가기 위해서는 계단으로 내려가야한다. 다른 해변에서는 잘 볼 수 없는 검은 모래도 특별한 구경거리지만 해안을 병풍처럼 둘러싸고 있는 나지막한 절벽 또한 가로로 길게 누운 지층으로 되어 멋진 볼거리를 제공한다. 이 지층은 해안선을 따라 쭉 이어져 있어 또 하나의 우도팔경인 후해석벽까지 이어진다. 후해석벽은 200만년 전부터 이어진 화산활동으로 지층이 쌓여 형성된 기암절벽인데 보트를 타고 나가면 남쪽에 면한 절벽까지 볼 수 있다고 한다.

검멀레 해변의 대표 사진을 보면 원 모양으로 물보라를 일이키고 있는 보트의 사진을 쉽게 볼 수 있는데 우리가 방문한 날에는 바람이 많이 불어 파도가 세서 그런지 보트가 운항되는 것을 보진 못했다. 보트를 타고 소의 콧구멍에 들어가 보려 했건만…
검멀레 해변을 내려가기 전 도로 앞에는 우도의 특산품인 땅콩이 들어간 아이스크림을 판매하는 가게가 즐비해있다. 역시 우

리 아이들은 아이스크림 가게를 그냥 지나칠리가 없다. 땅콩으로 만든 아이스크림을 컵에다 쭉 내려준 다음 그 위에 땅콩이 얹여져 나오는데 특히 원형 그대로의 땅콩을 씹을 때는 고소한 맛이 일품이다. 문득 떠오른다. 연중 무더운 날씨로 인해 지쳐있을 여행객을 위해 하와이 하나우마베이에서 땅콩 아이스크림을 팔면 어떨지?

비교	하나우마베이	중문색달해변	검멀레 해변
위치	오하우 섬 남동쪽 해안	제주도 서귀포시 중문관광단지 내	제주도 우도 북동쪽 해안
형성 원인	화산 폭발로 형성된 원형 만	자연적으로 형성된 모래사장 해변	화산 활동으로 형성된 자갈 및 모래 해변
규모	약 0.6㎢	약 560m 길이의 해변	약 1km 길이의 해변
주요 특징	천연 보호구역, 산호초가 있는 스노클링 명소	넓고 완만한 모래사장, 푸른 바다	검은 자갈과 모래가 혼합된 독특한 해변
주요 관광활동	스노클링, 해양생물 관찰	해수욕, 서핑	보트체험, 지질탐험
해안선 유형	원형의 절벽에 둘러싸인 만	곧게 뻗은 백사장 해변	직선형의 자갈 및 모래 해변

곰

Fish Eye
수중 전망대

괌은 2013년 둘째 아이 태교여행 목적으로 처음 방문한 여행지다. 그 이후에도 세 번이나 더 다녀와 혹자는 나더러 괌 전문가라 부른다. 처음 여행 때 괌에서의 너무 좋았던 인상이 강렬하게 남았기에 우리 가족은 매년 가자고 다짐했고 그 약속을 3년간 지켰으니 '괌 전문가'라는 별칭이 어울리지 않은가? 사실 여러 번 가봤다고 해서 그 분야에 상당한 지식과 경험을 가진 '전문가'라기보다는 '매니아'가 더 적절한 표현이겠다. '괌 매니아'로서 해를 바꿔가며 양가 부모님을 모시고 괌 여행을 했을 때도 부모님의 만족도가 높았다. 약 4~5시간 내외의 길지 않은 비행시간으로 미국의 감성을 느낄 수 있고 쇼핑도 즐길 수 있으며 에메랄드 빛의 해변을 포함하여 풍부한 볼거리와 각종 해양 액티비티를 즐길 수 있는 이런 여행지가 흔한 것이 아니었기에!

Fish Eye는 괌 첫 여행에서는 관람하지 않았다. 4살이던 첫째 아이는 차만 타면 금방 잠들어버리는 그런 시기였기에 렌트카를 타고 이동한 Fish Eye에서 잠든 아이를 안고 있었던 터라 들어갈 생각조차 안했다.

대신 들어가는 입구에서부터 본 건물로 이어진 다리에서만 바다 구경을 했고 그로부터 4년이 지난 2017년 6월에 비로소 두 아이들과 관람을 할 수 있었다. 2013년도의 그 바다는 흐리고 먹구름이 살짝 끼어있는 배경을 품고 있었던 반면 2017년의 그곳은 재회한 우리를 반기기라도 하듯 청명한 하늘이 우리를 안내해 주었다. Fish Eye의 관람도 좋지만 전망대까지 가는 긴 다리에서 보는 바다 풍경으로도 충분히 멋졌다.

피티(Piti) 해양 보고 구역에 있는 Fish Eye 수중 전망대는 수심 10미터 아래까지 구조물을 만들어 24개의 특수 유리로 된 창문을 통해 360도 바닷속을 구경할 수 있는 공간이다. 여러 종류의 열대어와 산호를 볼 수 있으며 가끔씩 주변에서 스노클링을 즐기는 다이버들도 볼 수 있다. 아이들은 유리창을 통해 보이는 바닷속 물고기들이 신기한지 이리저리 정신없이 돌아다니며 구경한다. 어느 유리창에서는 산호 일부와 말미잘이 보여 그 속을 왕래하는 자그마한 물고기도 있고 길게 늘여놓은 먹이 스테이션에서 먹이를 차지하기 위한 물고기떼도 있다. 운이 좋으면 거북이나 가오리, 상어도 볼 수 있다고 하는데 결국 우린 보지 못했다.

전망대를 내려가기 전 외부 데크에서는 푸른 하늘과 맞닿아 있는 끝없이 펼쳐진 태평양의 수평선을 볼 수 있고 시선을 아래로 내리면 투명한 바닷물 속에서 빠른 속력으로 헤엄치는 물고기도 볼 수 있다.

1995년에 건설되어진 이 수중 전망대는 바닷물 속에 구조물을 만드는 작업이라 쉽지 않았을텐데 다시 한 번 그 기술력에 놀라지 않을 수 없었다. 최근에는 방문객들에게 더욱 몰입감 있는 체험을 제공하기 위해 VR기술과 디지털 정보 패널 등을 제공한다고 한다. 이 구조물이 지어진지 오래 되었다는 역사의 흔적이겠지만 지상에 있는 인어공주와 포세이돈 상(像)은 좀 더 세련되게 바꾸면 좋겠다는 생각이 들었다.

처음으로 스노클링을 하며 바닷속 물고기를 봤던 것은 2013년 괌의 투몬 비치에서였다. 그 당시 여행 전 여러 정보를 찾아보다가 바닷물 위에 빵 부스러기를 뿌려 놓으면 그것들을 먹기 위해 물고기들이 모인다는 것을 알았다. 호텔 조식 때 물고기들을 위한 빵 한 조각을 챙겨 나와 그대로 실천해 보았더니 정말 꽁치같이 생긴 물고기들이 내 주변에 모여들어 떠 다니는 빵 조각을 잽싸게 채 가는 것이었다.(지금 생각해보면 바닷물 오염 방지를 위해 절대 하지 말았어야 할 행동이다.) 바다에서, 그렇다고 전혀 깊지도 않은 얕은 해변에서 큰 물고기를 보게 되니 신기할 따름이었다. 그러다 해변에서 제법 떨어진 곳까지 쭉 나가보았고 현지에서 구입한 스노클링 장비를 쓴 채 중간중간 산호가 있는 주변에서 바닷속을 관찰하니 형형색색의 열대어들이 산호 주변을 헤엄치고 있었다. 이것이 처음 하게 된 바닷속 물고기 실제보기 체험이었다. 해변가에서 100미터 이상 나가도 수심이 깊지 않아 오리발을 끼고 멀리까지 나가보았다. 거리가 멀어질수록 물고기의 종류는 다양해졌지만 한번씩 산호 틈새로 깊은 바다가 보일 때에는 아찔할 정도로 무섭기도 했다. 실제로 얕은 수심이 어느 정도 이어지다가 갑자기 수중 절벽이 나타나 수심이 급격하게 깊어지는 곳이 있다고 한다. 이 곳은 이안류(Rip Current)가 있어 물고기를 본다는 욕심에 물 속만 쳐다보다 나아가게 되면 사고를 당할 수도 있으니 항상 조심해야 하겠다.

Fish Eye 수중 전망대는 물 속으로 직접 들어가지 않고 많은 종류의 열대어를 실내에서 편안하게 볼 수 있다. 이는 제주도에서 경험한 잠수함에서의 바다 구경과 닮았다. 탈 것을 타고 물속으로 내려가서 본다는 점이 고정되어 있는 구조물 내부에서 본다는 것과는 차이가 있지만 물 한 방울 묻히지 않고 물 속 생명체를 물 밑에서 본다는 것은 현대사회의 기술문명이 가져다 준 축복일 것이다.

괌은 머지않아 다시 한 번 가보고 싶다. 얼마 전 TV에서 괌을 여행하는 프로그램이 있었는데 '괌 여행 = 바다'라는 공식을 깨듯 정글투어를 하는 것이었다. 괌 남부에 있는 탈로포포(Talofofo)

지역에서 사각형 모양의 배를 타고 시작하는 투어로서 괌 원주민인 차모로족의 가옥 모형을 실제 크기로 만들어 놓은 것과 라테스톤을 볼 수 있으며 바다가 아닌 강을 지나기 때문에 랜드 크랩을 비롯한 각종 민물 어류도 볼 수 있는 것이어서 꼭 다시 가고 싶다. 사실 그보다 더 중요한 이유는 과연 우리 두 아이들이 괌에 와봤었던 기억을 하는지 확인을 해보고 싶어서이다.

TIP		**내가 세 번째 괌(2015년)을 여행했던 일정**

1일차　○　괌 도착-니꼬 호텔 체크인-렌트카 인수-호텔 수영
　　　　　장 물놀이-K마트

2일차　○　건비치 물놀이 및 스노클링-메이시스-T 갤러리
　　　　　아-K마트-더 플라자

3일차　○　사랑의 절벽-GPO 타미힐피거-호텔 수영장 물놀
　　　　　이-GPO Ross

4일차　○　호텔 수영장 물놀이-체크아웃-공항

제주도
서귀포 잠수함

12월 겨울 제주도 여행이었지만 여느 봄날처럼 따뜻한 날씨였
다. 두터운 외투는 벗어던지고 후드티만 하나 입은 뒤 두 아이들
과 함께 잠수함을 타기 위해 새연교가 위치해 있는 서귀포 잠수함
으로 향했다.

제주도에서 잠수함 체험을 할 수 있는 곳은 4곳 정도가 있다.
동쪽으로는 우도 잠수함, 서쪽으로는 차귀도 잠수함이 있고 북쪽
엔 함덕 잠수함, 남쪽엔 서귀포 잠수함이 있는데 서귀포 잠수함은
천연보호구역 중 하나인 문섬의 바닷속을 볼 수 있다고 해서 이
곳을 선택했다. 문섬은 해발 73미터, 면적은 약 97평방미터의 작은
무인도인데 상시 난류가 흐르는 지역이기 때문에 아열대성 어류
들을 볼 수 있고, 곽의 Fish Eye 전망대에서는 볼 수 없는 붉은 색
을 띠는 맨드라미 산호(연한 몸체의 산호인 연산호의 한 종류)를

비롯한 60 여종의 희귀 산호들이 자라고 있어 더욱 볼거리가 많다.

　서귀포 잠수함은 1990년 세계에서 세 번째 아시아에서는 처음으로 관광잠수함을 운행한 곳이며 2008년에는 세계 최장시간 무사고 운항 조종사 2명을 세계 기네스 기록에 등재 시켰다고 한다.

　매표소에 도착해 온라인상으로 예매한 티켓을 출력받은 후 승선신고서를 작성했다. 일반적인 배를 타는 것과 마찬가지로 신분증과 승선신고서는 필수다. 서귀포 잠수함은 항구에서 바로 탑승하는 것이 아니고 서귀포항에서 약 1킬로미터 떨어진 문섬 근처의 바지선까지 배를 타고 5분 정도 나간 후 탑승할 수 있다. 잠수함을 타기 전 직원분이 사진을 찍어 주시는데 나중에 무료로 나눠주는 '해저탐험증명서'에 그 사진이 부착되며 또 다른 사진 한 장은 유료로 판매하는 액자에 다소곳이 들어가 하선 후 나올 때 쯤 웃는 얼굴로 우리를 바라보며 지갑을 유혹한다.

　잠수함을 타는 것은 아이들은 물론 나도 처음이었다. 잠수함에 탑승하려면 배 상부에 있는 입구를 통해 수직으로 된 사다리 형태의 계단을 타고 내려가야한다. 마치 크리스마스 때 산타할아버지가 원형 모양의 굴뚝을 조심스럽게 내려가는 것처럼. 내려가게 되면 가장 앞쪽에 조종석이 보이는데 비행기 조종석에 여러 버

튼이 잔뜩 있는 조작판을 볼 수 있듯 여기도 조종석 상단에 작은
화면과 각종 스위치, 버튼이 있는 모습을 볼 수 있다.

　추가적으로 현재 수심이 몇 미터인지 알려주는 디지털 계기
판도 있어 관람객들이 바다 속 어느정도까지 내려왔는지 가늠할
수 있다. 동그란 터널처럼 생긴 내부의 양쪽에는 둥근 창문 밖을
앉아서 볼 수 있게끔 작은 벤치 모양의 의자가 길게 이어져 있고
탑승객들은 타고 있는 동안 지정된 자리에서 양쪽의 창을 번갈아
보며 관람하는 방식이다. 잠수함의 무게 중심을 위해 자리를 이동
하는 것은 금지다.

물 속으로 직접 들어가지 않고 실내에서 편안하게 바닷속을 구경할 수 있는 게 꼭 Fish Eye와 꼭 닮았다. 물론 볼 수 있는 물고기 종류와 산호의 모습은 다르지만 말이다. 특히 국내에선 스킨스쿠버를 하는 사람이나 다이버 외의 일반인들이 편하게 바다 속의 산호를 본다거나 물고기들을 볼 수 있는 곳이 거의 없다고 생각하는데 잠수함에서는 편하게 볼 수 있다.

Fish Eye에서는 먹이 스테이션이 있어 거기에 물고기떼들이 몰려 들었고, 서귀포 잠수함에서는 잠수함이 물 속으로 들어간 후 뒤따라 전문 잠수부가 들어가 물고기 먹이를 직접 나눠주는데 이를 먹기 위해 물고기 떼들이 둘러싼 잠수부 모습을 동그란 유리창을 통해 볼 수 있었다.

잠수함 내부 관람객들을 위해 잠수함 주변을 뱅뱅 돌면서 손도 흔들어 주곤 하시는데 수심 20미터 깊이에서 느껴지는 수압이 상당할 테지만 유유히 헤엄치는 모습에 감탄하고 만다. 안내해 주시는 조종사분은 그 잠수부가 좀 짧아보이지 않냐고 질문하시지만 둥근 유리창이 볼록렌즈처럼 생겨 있어 왜곡되어 보이는 거라며 실제 그 잠수부는 신장이 180센티미터가 넘는 장신이란다.

잠수함은 40미터 해저까지 내려가 그곳에 도달하면 난파선 하나가 보인다. 주로 영화에서나 보던 장면이 눈 앞에 펼쳐지니 신기할 따름이었다. 그 난파선은 오랜 세월 바다 속에 있어서 그런지 많이 삭아 있었지만 주변의 물고기는 엄청 많았다. 그 속을 제 집인냥 드나들고 있었는데 서식지를 제공하기 위해 폐선을 일부러 넣었다고 했다. 물고기가 많이 살게끔 그러니까 자연을 위해 폐선을 넣었다고 하는데 오히려 그 배가 자연을 오염시키는 건 아닌지, 여러 생각이 아이러니하게 머릿속을 스쳤다.

40분 정도의 잠수함 관람을 마치고 난 후 선착장으로 다시 돌아와 새연교를 구경했다. 새연교는 2009년 9월에 서귀포 앞바다의 새섬을 연결하기 위해 개통한 다리로서 쇠소깍에서 봤던 '테우'를 모티브로 건설했다고 하며 그 뜻은 '새로운 인연을 만들어 가는 다리'라고 한다. 바다에서의 안정성을 높이기 위한 테우의 부드러운 곡선 디자인이 새연교의 다리 구조에서도 볼 수 있어 테우의 형태를 현대적인 시각으로 표현하고 있는 것이다. 다리 길이는 약 170미터에 폭 4~7미터로 이루어져 있고 돛을 형상화한 탑 높이는 45미터이다. 여름철 저녁에 방문했던 적이 있었는데 그 때는 다리 측면에서 나오는 분수쇼도 볼 수 있었다.

그 분수쇼는 20여분 정도 진행되었고 아이들이 좋아하는 '렛잇고'와 제주도 하면 떠오르는 대표적인 노래 '제주도의 푸른밤' 음악이 포함되어 있었다. 다음 번에 다시 이쪽으로 여행한다면 새연교를 지나 새섬까지 둘러보고 싶다.

페리에서 바라 본 아나돌루 히사르

튀르키예

이스탄불
베벡스타벅스

스타벅스 중에서도 세상에서 가장 아름다운 스타벅스라는 베 벅 스타벅스, 터키(지금은 국가 명칭이 튀르키예로 바뀌었지만 '터 키'일 때 아주 만족스러운 여행을 해서 그런지 터키라는 명칭이 훨씬 친숙하다) 이스탄불 여행에서 8일차에 방문했다. 숙소가 있 었던 에미노뉴 지구에서 트램과 버스, 도보 이동까지 하면 한 시 간정도 소요되었다. 아침 일찍부터 서둘렀던 탓에 그 유명세에 비 해 카페는 한산했고 커피 주문 후 앉고 싶은 자리 어디에나 앉을 수 있었다. 테라스 형태로 뻗어 나와있는 야외에 자리를 잡았더니 유리 난간 너머로 요트들이 둥둥 떠 있는 보스포러스 해협의 바다 가 눈앞에 펼쳐져 있다. 아침 햇살에 비친 바다 표면의 은색 빛이 눈 앞에 있는 선글라스를 관통해 눈을 부시게 했다.

이스탄불 베벡 지구는 이스탄불 유럽지구에 위치한 부촌으로 요트가 정박해 있는 항구를 비롯하여 물가로 계단을 타고 내려가 수영을 하며 여가를 즐기는 노인도 많이 보였다. 여행 때마다 느끼는 거지만 외국에서 보게 되는 노인들은 우리나라의 그대들보다 좀 더 여유가 있어 보이고 자신이 좋아하는, 혹은 취미라고 할 만한 무언가를 꽤 멋들어지게 하는 모습을 자주 볼 수 있다. 노년에 여러 외국에서 여유로운 여행을 즐기는 노부부도 많이 보았는데 나도 아내와 함께 꼭 그러고 싶다.

베벡지구에는 고급 레스토랑도 많이 있고 세상에서 가장 아름다운 스타벅스처럼 바다에 공간을 내민 여타 다른 카페도 무척 많았다. 주변에 어느 카페를 들어가더라도 비슷한 분위기를 물씬 느낄 수 있을 것 같았다.

✳   유럽도시기행1(유시민, 생각의 길) 발췌(235P~)

유람선에서 보았던 테라스에 초록색 파라솔이 있는 '스타벅스 베벡'은 지구에서 제일 예쁜 별다방이라고 관광 안내서에 나온 곳이었다. 전망 좋은 2층 홀은 둘러보기만 하고 해협 수면보다 한 뼘 높은 테라스의 파라솔 아래에 있었다. 해협의 물, 요트의 마스트 위에 조용히 떠 있는 갈매기, 해협 건너편 언덕의 나무들, 눈에 보이는 모든 것이 각자의 자리에 보기 좋게 못 박혀 있었다.

(중략) "젊은 터키 사람들도 좋아한대요." "뭐 특별한 게 있나 봐요?" "셀럽들이 와요. 배우, 가수, 작가, 그런 유명인사가 베벡에 많이 살거든요. 운 좋으면 볼 수도 있대요. 그래서 젊은 사람들이 오는 거죠." "한국 사람들은 그 사람들을 모를 텐데?" "한국 사람들은 여기가 예뻐서 온대요."

사실 이날의 목적지는 베벡 스타벅스는 아니었다. 보스포러스 해협의 폭이 가장 좁은 구역 중 유럽 지구에 있는 성채인 루멜리 히사르를 보기 위해 여정에 나선 것이었다. 루멜리 히사르는 콘스탄티노플의 정복을 위해 해상전의 중요성을 인지한 술탄 메흐멧 2세가 아시아 지구에 있는 아나돌루 히사르의 반대편 지역에 건설한 성곽이며 비잔틴 제국을 점령할 당시 해상전의 우위를 선점하기 위한 주요 요새 역할을 했다. 오스만 제국 건설 이후 감옥으로 사용되었다가 지진과 화재를 겪어 일부 훼손되기도 했지만 지금은 어느 정도 복원과 수리가 마쳐진 상태이다. 터키 여행 전 오스만 제국에 의해 몰락하는 비잔틴 제국과 콘스탄티노플 정복에 관한 사전지식을 얻기 위해 소설처럼 재밌게 읽은 책인 '술탄과 황제(김형오 저)'의 내용을 발췌해 보면 아래와 같다.

＊   다시쓰는 술탄과 황제(김형오, 21세기북스) 발췌(99P~)

아나돌루 히사르(Anadolu Hisari: 아시아의 성채) 건너

편에 루멜리 히사르*를 지을 때부터 적들(튀르크)의 비잔티움 침공은 예견된 바였다. 아나돌루 요새는 메흐메드의 증조부인 바예지드 1세가 오랜 간청 끝에 나(콘스탄티누스 황제)의 선친인 마누엘 2세의 허락 아래 건축하였건만, 이 루멜리 요새는 일방적 통보만 있었을 뿐 절차도 동의도 생략한 채 막무가내로 축성되었다. 온갖 구실과 변명에도 불구하고 루멜리 히사르는 콘스탄티노플 공격을 노린 명백한 전초기지였다.

〰〰〰〰〰〰〰〰〰

*루멜리 히사르: Rumeli Hisari, '유럽의 성채'란 뜻. 보스포러스 해협 유럽 쪽 연안에 세워졌다. 보스포러스는 터키어로 '보아지치'라 하는데 이는 '보아즈(Boğaz: 목구멍)'에서 유래했다. 흑해와 지중해 사이의 좁은 해협을 목구멍에 비유한 것이다. 지도로 보면 실감이 난다. 해협 길이는 33킬로미터, 폭은 넓은 곳이 3키로미터, 좁은 곳은 650미터 정도다. 머리 부분인 흑해와 몸통(위장) 부분인 지중해(에게 해)를 이 해협과 다르다넬스 해협이 목구멍처럼 가늘게 연결하고 있는 모양이다. 그래서 당시 튀르크족들은 루멜리 히사르를 술탄이 처음 명명한 '보아즈 케센(Boğaz-Kesen)'이란 별칭으로도 불렀다. '해협의 칼날' 또는 '목구멍의 칼날'이란 살벌한 의미로 해석된다.

'술탄과 황제'라는 책의 제목에서 알 수 있듯 두 리더의 입장에서 콘스탄티노플 함락 당시의 상황을 일기와 비망록 형태로 서술되어 있어 위 내용에서 '황제'의 안타까운 마음이 직접 내 마음에 와 닿는 것 같다.

✱ 다시쓰는 술탄과 황제(김형오, 21세기북스) 발췌(412P~)

루멜리 히사르는 온전히 술탄 메흐메드 2세의 작품이었다. 술탄은 착안부터 입지 선정, 지형 탐사, 세부적인 설계 및 공사 감독까지 적극적으로 관여했고 자주 현장에 나와 인부들을 독려했다. 술탄은 성을 크게 세 권역으로 나누어 바닷가 성탑은 할릴 찬다를르 파샤, 남쪽 성탑은 자아노스 파샤, 북쪽 성탑은 사루자 파샤 등 3명의 중신이 각각 영역을 분담해 책임지고 공사하도록 지시했다. 성탑의 이름도 축성한 신하의 이름을 따서 붙이겠노라고 말했다. 경쟁심을 유발해 공사의 완성도와 진척 속도를 높이기 위해서였다. 그러니 세 사람 모두 전력투구할 수 밖에 없었다. 심지어는 솔선수범하는 모습을 보이려고 감독을 맡은 자신들도 직접 석회를 주조하고 목재와 석재를 운반했다. 동원된 인원만도 엄청났다. 각각 2명의 보조원을 둔 2000명의 숙련공과 수많은 일꾼들이 밤낮을 가리지 않고 작업에 매달렸다. 그 결과 성은 속전속결로 지어졌다. 착공(4월 15일)부터 준공(8월 31일)까지 고작 넉 달 반이 걸렸다.

짧은 기간 내에 지어졌다는 내용도 그 이유도 알 것 같다.

높은 감시탑이 3개, 작은 탑이 14개나 있는 루멜리 히사
리를 겨우 넉 달 만에 다 지었다는 게 믿기지 않았다. 그렇
게 서둘러 지은 건축물이 600년 가까운 세월 동안 멀쩡하게
서 있었다는 것도 신기했다. 루멜리 히사리는 건너편 아시
아 사이드의 아나돌루 히사리와 짝을 이루어 흑해 방면에서
콘스탄티노플로 접근하는 모든 선박을 감시 통제할 수 있는
전략 요충이었다. 이곳에 사정거리가 긴 대포를 걸어두자
어떤 배도 허락 없이는 해협을 운항할 수 없게 되었다.

이스탄불 여행 중 가장 인상 깊었던 경험 중 하나는 바로 보스
포러스 해협을 건너는 페리 여행이었다. 보스포러스 해협은 유럽
과 아시아 대륙을 가르는 경계선 역할을 한다는 점에서 그 자체로
독특한 매력을 가지고 있었다. 이 두 대륙을 잇는 물길 위에서 페
리를 타고 있을 때, 마치 두 세계를 동시에 느끼는 듯한 묘한 기분
이 들었다.

페리에서 바라보는 이스탄불의 풍경은 그야말로 예술이었다.
해협을 따라 펼쳐진 도시의 모습뿐만 아니라, 크고 작은 요새들
과 궁전이 줄지어 서 있는 모습이 눈에 들어왔다. 특히 돌마바흐
체 궁전의 웅장함과 루멜리히사르, 아나돌루히사르 요새들의 고

풍스러운 모습은 마치 시간을 거슬러 올라간 듯한 느낌을 주었다. 그리고 보스포러스 한가운데에 서 있는 마이덴 타워는 이 도시의 전설적인 아름다움을 상징하는 듯했다.

날씨는 놀랍도록 맑았다. 한국에서는 보기 힘든 쾌청한 하늘이 펼쳐져 있어, 더욱 아름다운 풍경을 만끽할 수 있었다. 바람을 맞으며 눈부신 햇살 아래서 이 모든 풍경을 감상하는 순간, 이스탄불의 역사와 현재가 어우러진 느낌을 깊이 느낄 수 있었다.

그 경험이 너무나도 감동적이어서 이스탄불에 머무는 4박 5일 동안 나는 페리를 두 번이나 탔다. 두 번째 탑승은 밤이었다. 해협을 가로지르는 보스포러스 대교가 불빛으로 반짝였고, 도시의 건물들도 조명을 받아 마치 꿈속에 있는 듯했다. 낮과는 또 다른 매력을 지닌 이스탄불의 야경은 그야말로 황홀했다.

보스포러스 해협에서의 페리 여행은 단순한 이동 수단을 넘어, 이스탄불의 본질을 느낄 수 있는 가장 매력적인 방법이었다.

페리에서 바라 본 루멜리히사르 야경

내가 터키(튀르키예)를 여행했던 일정

1일차	○	이스탄불에서 카파도키아로 이동, 괴레메 야외 박물관, 로즈밸리투어
2일차	○	벌룬투어, 위르굽, 선셋포인트
3일차	○	그린투어(수도원, 으흘라라계곡, 데린쿠유지하도시, 피존밸리, 러브밸리), 파묵칼레로 이동(야간버스)
4일차	○	파묵칼레, 히에라폴리스, 고대 유적풀, 파묵칼레 석양
5일차	○	이스탄불로 이동(국내선 항공), 카디쾨이, 블루모스크, 예베라탄 지하저수지, 귈하네 공원, 에미뇨뉴 및 갈라타 다리
6일차	○	성소피아성당, 톱카피궁전, 돌마바흐체, 히포드롬
7일차	○	베벡 스타벅스, 루멜리 히사르, 탁심 이스티크랄 거리, 갈라타 타워, 보스포러스 페리 투어
8일차	○	고고학 박물관, 파노라마 박물관, 보스포러스 페리 투어, 예니자미, 이집션바자르
9일차	○	블루모스크, 성소피아성당, 그랜드바자르

제주도
함덕 델문도카페

14

터키 여행 후 2년이 지난 즈음 두 아이들과 함께 여름 제주도
에 갔다. 이번 여행의 숙소는 제주 북부에 위치한 함덕해수욕장
주변이다보니 자연스레 함덕해수욕장에서 이틀 정도 물놀이를
즐겼다. 해수욕장에서 바라 보이는 해변에 반쯤 걸친 카페가 눈에
띈다. 무더운 날씨를 피하기 위해 그 카페에 잠깐 들르기로 했다.
들어가는 순간 베벡 스타벅스가 자연스럽게 생각났다. 바다를 전
망할 수 있고, 사람들로 북적이며 야외 테라스에도 자리가 있다.
심지어 선베드까지, 어쩜 이리 좋은 위치에 카페를 만들었을까?
터키 베벡 스타벅스를 가보았던 것일까? 카페 주인장이 누굴까
문득 궁금해졌다.

델문도 카페도 베벡 스타벅스와 비슷하게 층별로 공간이 나
뉘어져 있다. 계단을 통해 한 층 내려가면 야외 테라스로 향할 수
있어 아이들이 물놀이 하는 것을 지켜보며 커피를 마실 수 있다.

베벡 스타벅스와 다른 점은 거기 바다는 해협이라 밀물, 썰물이 없지만 제주도 바다는 밀물과 썰물이 있어 밀물일 때는 테라스 아래까지 바닷물이 차서 물 위에 둥둥 떠 있는 느낌이고 썰물일 때는 드넓은 모래사장이 바닥을 드러내어 여기 저기 바닷물 웅덩이를 만들어 준다는 것이다. 또한 테라스 바닥에 갯강구가 한 번씩 출현한다는 것!

멜문도 카페는 제주도 동부 여행 때마다 들르는 곳이다. 사실, 카페를 들르는 게 아니라 함덕해수욕장을 들른다고 하는 것이 맞겠다. 함덕해수욕장은 수심이 얕고 작은 물결이 끊임없이 넘실거리는 한적하고 평온한 곳으로, 그 자연스러운 아름다움은 그 자체로도 충분히 감동적이다. 처음 함덕을 방문했을 때의 그 느낌은 아직도 생생하다. 맑은 날씨에 투명한 바닷물은 에메랄드빛으로 반짝였고, 바다와 하늘이 맞닿는 수평선은 경계선 없이 깨끗하게 이어져 있었다. 바람은 부드럽게 불어와 머리칼을 살랑이게 했고, 그 속에서 들리는 파도 소리는 자연과 하나 되는 순간을 만들어 주었다. 해변을 따라 넓게 펼쳐진 부드러운 모래사장은 제주도의 다른 해변들과는 또 다른 고요함을 자아냈다. 함덕 해변은 그 아름다운 풍경 때문에 한적한 휴식을 원하는 사람들에게 완벽한 곳이었다.

공항에서도 멀지 않아 동부 여행 마지막 날 공항 가기 전 제주도에서의 마지막 바다를 보기 위해 자주 가는 곳이다. 두 아이들은 바다에서 조금만 더 놀자고 멜문도 카페 테라스에 앉아 있는 엄마, 아빠에게 외쳐보지만 비행기를 놓칠 순 없잖아!라며 아이들을 달래본다. 카페의 입구에서 다시 한 번 이 카페의 위치에 대해 감탄하며 다음에 또 오겠지라며 부부 서로간 무언의 동의를 하며 카페를 나선다.

멜문도 카페에서 동쪽으로 함덕해수욕장 해변을 지나면 서우봉으로 불리는 언덕 입구를 만날 수 있다. 넓직한 잔디밭에 야자수도 있어 상당히 이국적인데 봄에는 샛노란 유채꽃, 가을에는 보랏빛의 코스모스도 볼 수 있다. 언덕이라고 표현했지만 해발 110미터 정도의 작은 오름이며 올레길 19코스(조천~김녕)에 포함된 지역이다. 함덕 해변에서 이곳을 오르다 보면 좌측으로는 바닥의 현무암과 만나는 시원한 바다를 한 눈에 볼 수 있는 조망 명소며 산 정상에 오르면 함덕리 전체를 볼 수도 있다.

서우봉은 그 자체로도 충분히 매력적이지만, 저녁이 되면 더욱 매력적인 장소로 변모한다. 석양이 질 때, 하늘은 노을로 붉게 물들고, 그 빛은 바다 위로 길게 이어진다. 바다와 하늘이 함께 색을 바꾸는 그 순간은 그야말로 그림 같은 풍경이었다. 나는 내려오는 중간에 걸터 앉아 이 장면을 오랫동안 바라보며 시간을 보냈다. 여기에서 맞이한 저녁 시간은 나뿐만 아니라 가족 모두에게 특별한 기억으로 남았다.

2017년 8월 함덕해변

2021년 9월 함덕해변

2022년 10월 함덕해변

2024년 6월 함덕해변

비교	베벡 스타벅스	함덕 델문도
위치	이스탄불 베벡지구, 보스포러스 해협 인근	제주도 함덕해수욕장 근처
개점 연도	2008년	2015년
좌석 수	약 100석	약 200석
주요전망	보스포러스 해협 전망	함덕해수욕장 바다 전망
포토존	보스포러스 해협을 배경으로 한 테라스	함덕해수욕장을 배경으로 한 야외 포토존
테라스좌석	보스포러스 해협을 바라보는 테라스	바다 전망 테라스
운영시간	매일 오전 7시~밤 11시	매일 오전 9시~밤 10시
특별한 메뉴	현지 특별 메뉴 (터키식 차, 일부 터키 디저트)	제주 감귤 라떼, 제주 재료를 활용한 음료

오하우
라이에포인트

　　하와이 오하우 섬 여행 이틀째, 그 날은 렌트카를 이용해서 섬 북부 노스 쇼어 쪽을 여행할 예정이었다. 북부 여행시 국민 코스로 알려진 돌 플랜테이션 - 라니아케아 비치 - 와이메아비치 - 샥스 코브 -…의 여정을 머릿속으로 예상해 보았다.

　　라니아케아 비치에서는 해변으로 올라 온 비다거북 '호누'보기는 실패했다. 저 멀리 해변을 따라 자리잡고 있는 바위를 올라타고 제법 걸어나갔더니 물속에서 헤엄치는 바다거북만 있을 뿐이었다. 아이들은 호누를 잊은 채 멋진 파도와 술래잡기를 하고 모래놀이도 하면서 즐거운 시간을 보냈지만 말이다.

　　와이메아비치는 꽤 높은 돌 위에서 다이빙하는 포인트로 유명한데 우리가 방문했던 날은 파도가 너무 셌거니와 물에 들어가기엔 너무 추워 다이빙 하는 사람들은 보이지 않았다. 하와이가 일년 내내 물놀이 하기 좋은 날씨로 잘 알려져 있지만 우리가 방문했던 2019년 2월은 아주 쌀쌀했다. 이상 기온으로 인해 하와이 도착 후 4~5일이 지난 다음에야 제대로 된 물놀이를 할 수 있을 정도였다. 심지어 마우이섬에서는 산 정상에 눈도 내렸다고 하니 정말 이상 기온은 이상 기온이었나보다.

그런 추위였음에도 불구하고 우리 두 아이들은 가슴아래까지 물속으로 들어가 버리고 거기 현지인들도 연신 Wow!를 외치며 엄지 척! 시퍼래진 아이들 입술을 바라보며 더 깊은 곳으로 가지는 않는지 노심초사하는 엄마, 아빠의 마음을 아이들은 아는지 모르는지…

물고기를 많이 볼 수 있어 스노클링 스팟으로 알려진 샥스 코브를 지나 카후쿠 지역에서 빼놓을 수 없는 새우트럭에서 한 끼를 해결했다. 여러 곳의 새우트럭이 보였는데 그 중 지오반니 새우트럭이 원조라고 한다. 1993년에 시작되었다고 하니 벌써 30년이 넘은 곳이다. 그러다 보니 많은 사람들이 줄지어 있었고 우리 가족은 배고픔을 참을 수가 없어 다른 새우트럭을 이용하게 되었다. 그래도 맛은 비슷하지 않을까라고 스스로 위안하며 목적지인 라이에 포인트로 향했다.

라이에 포인트는 폴리네시안 문화센터 가기 전 동쪽으로 돌출된 지형의 끝에서 멋진 바다 풍경을 볼 수 있는 전망대로 바다

저 멀리 구멍이 뚫려있는 바위가 보이고 거친 파도로 인해 짙은 파랑에 흰색 물감을 잔뜩 묻힌 붓질을 한 것 같은 바다풍경과 강한 바람을 경험할 수 있는 곳이다. 유치원생인 둘째 아이에게 저 구멍을 아빠가 뚫었다고 하니 진짜?라고 반응하더니 초등학생이 된 지금은 당연히 믿지 않지만 그래도 한 번씩 얘기한다. '아빠가 뚫어 놓은 바위가 있는 하와이 가고 싶어'라고…

바람이 너무 세서 파도가 칠 때마다 분무기로 뿌린 듯한 물방울이 얼굴에 부딪히고 구멍이 뚫려있는 바위에 부딪히는 파도는 하얀색 물보라가 되어 기둥을 만든다. 라이에 포인트 지형의 끝자락에서 바라보는 풍경은 망망대해여서 가슴이 뻥 뚫릴 것 같은 시원한 느낌이다. 발 아래 땅에는 이런 거친 환경에서도 어쩜 이렇게 잘 자라고 있는지 군집을 이루고 있는 짙은 초록의 식물들도 보인다.

라이에 포인트 앞에는 정식 주차장 없이 4대 정도 주차할 수 있는 공간만 있고 이 역시 견인될 수도 있다고 들었는데 구석진 곳이긴 하지만 그래도 여행할 때는 주의 또 주의해야 할 것이다.

제주도

우도 비양도

　　제주도 섬속의 섬이라고 하는 우도에서도 또 다시 섬속의 섬이라고 하는 비양도, 제주도 서쪽의 금능해변에서 바라보이는 섬의 이름도 비양도지만 우도 동쪽 끝에 있는 그 비양도, 우도 여행을 하면서 하고수동 해변 다음으로 방문한 곳이다. 우도순환관광버스에서 내려 비양도로 이어지는 입구에 다다르니 소라껍데기로 만든 비양도 표지판이 보인다. 비양도에서 소라가 많이 잡힌다고 하며 그 소라 등의 해산물을 즉석에서 요리해 주는, 그래서 매캐한 연기와 함께 향긋한 냄새를 풍기는 해녀의 집도 있었다.

　　예전에는 우도와 비양도가 서로 직접 연결되는 길은 없었다고 하지만 지금은 길이 나 있어 쉽게 접근이 가능했고 심지어 지금은 그 길을 확장하는 공사를 하고 있어 나중에는 우도순환버스도 진입이 가능할 것 같다. 현무암을 기초로 하여 바다 위를 지나

는 길을 만드는 게 쉽지 않다고 하는데 역시 우리나라의 토목 건축 기술력은 참으로 대단하다. 길을 지나 본격적인 비양도에 접어드니 길이 두 갈래로 나누어 진다. 하나는 방금 지나온 길과 일직선으로 연결되는 포장된 길과 다른 한 쪽은 비양도 둘레길… 아이들과 함께 둘레길을 택하고 걷기로 한다.

　　제주도도 그렇지만 우도는 특히나 날씨 변화가 심한데 그날은 바람이 엄청 강해서 파도도 거세었다. 짙은 파랑에 흰색 물감을 잔뜩 묻힌 붓질을 한 것 같은 바다, 그렇지! 하와이 라이에포인트가 단숨에 생각났다. 옆에 있는 아내에게 물어봐도 그런 것 같다고 하며 내심 멋진 풍경에 감동 중인지 더 이상 말을 잇지 못한다. 아니면 세찬 바람때문에 쌀쌀해서 그랬는지도 모르지, 바람이 머리부터 발끝까지 위아래로 훑고 지나가니 소금끼에 머릿칼은 뻣뻣해지고 겉옷은 눅눅해진다. 영락없는 라이에포인트에서의 그 느낌 그대로다. 돌 위에 앉아 가족사진도 찍고 독사진도 찍고 있는데 앉아있던 돌 아래에 연보라의 예쁜 꽃이 피어있었다. 바람도 많고 염분도 많을텐데 잘 자라고 있는 걸 보고 찾아봤더니 해변에서 자라는 국화과의 해국이란다.

　　주로 바닷가 바위틈에 분포하는 해국은 해변국이라고도 하는데 키는 작고, 잎은 두터우며 양면이 솜털로 덮여 있다. 거친 환경에서도 이렇게 예쁘게 잘 피어있는 꽃을 보고 있노라니 생명의 경이로움을 다시 한 번 느꼈다.

비양도와 라이에포인트의 다른 점은 라이에포인트가 바다 전망만 잠깐 볼 수 있는 전망대로 불린다면 비양도는 제법 넓고 평평한 장소를 가지고 있어 캠핑족의 성지라고 불린다. 바람이 많이 불었음에도 몇 몇 텐트가 휘날리며 바닥의 고정핀에 의해 지면에서 들썩이고 있었다. 캠핑을 좋아하지 않는 나도 이런 곳에서는 바다를 보며 한껏 멍 때리고 밥도 해 먹고 불멍도 하면서 1박 정도는 해보고 싶었다.

안쪽으로 좀 더 걸어가니 봉수대가 보였다. 봉수대 위에 올라가서 높은 곳에서 보는 바다는 더 멋졌고, 다른 계절에도 다시 한 번 와봐야겠다는 생각을 해보았다. 비양도에서의 아쉬움을 달래며 검멀레 해변으로 가기 위한 우도순환관광버스에 올라탔다.

비교	라이에포인트	우도 비양도
위치	하와이 오하우 섬 북동쪽 해안	제주도 우도 서쪽
형성 원인	해양 침식에 의해 형성된 지형	화산 폭발로 형성된 화산섬
면적	약 0.04㎢	약 0.2㎢
높이	해발 약 30m	해발 약 114m
주요 볼거리	파도가 치는 바위 구멍, 고요한 해안선	비양도 분화구, 바위 해변, 해안 절벽
특별한 문화적 의미	하와이 원주민들에게는 신성한 장소로 여겨짐	제주도민들에게 역사적, 문화적으로 중요한 장소

Epilogue

　건설회사의 현장에서 근무한 날이 많다 보니 프로젝트 진행의 연속성 때문에 장기간의 시간을 내어 쉴 수 있는 기회가 많지 않았다. 내가 입사한 시절만 하더라도 주말이나 휴일에 근무하는 일은 다반사였다. 그러다 본사 근무를 하게 되면서 주 5일 근무에 공휴일은 모두 챙겨서 쉴 수 있는 기회가 주어지자 당장 명절 연휴에다 하루 이틀 정도 덧붙여 8~9일 정도되는 장기간의 여행을 계획했다.

　아이들도 어느 정도 커서 예전과는 달리 좀 더 편안한 여행을 할 수 있지 않을까라는 기대감을 품고 '신들의 섬'이라고 불리우는 발리행 항공권을 여행 7개월 전에 발권했다. 보통 그 정도 시점에 티켓팅을 하면 명절 연휴라고 하더라도 저렴히 할 수 있다. 그 때가 2020년 2월이었다. 코로나가 서서히 확산되던 그때… 사실 그 이전 감염병이었던 사스(SARS, Severe Acute Respiratory Syndrome)나 메르스(MERS, Middle East Respiratory Syndrome) 사태를 경험했을 때도 발병 초반 이후 어느 정도 시간이 지나면 유행이 끝나곤 했었다. 코로나도 그것과 마찬가지겠지라고 생각하고 코로나 유행 초창기였지만 과감히 예약을 한 터였다. 하지만 이게 무슨 일이람! 서서히 줄어들 줄 알았던 코로나 환자는 점점 늘어만 가고 사회적 거리두기를 비롯해 회사에선 재택근무와 학교에선 비대면 교육이 시행되어 정상적인 외부 활동이 거의 불가능한 시기까지 도래했다.

당연히 항공 노선도 취소되었고 어쩔 도리 없이 여행도 취소할 수 밖에 없었다. 여행 계획도 역대급으로 정말 잘 세웠었는데… 문제는 항공권 취소였다. 모두가 힘겨워하는 코로나 시국이라 항공사도 예외가 아니어서 당장 환불해 줄 수 있는 현금이 없다는 것이었다. 인도네시아 국적기 항공사였는데 누군가가 항공권을 구매해서 자금이 들어오게 되면 그 자금으로 취소한 여행객에게 순차적으로 환불을 해주는 시스템이었던 것이다. 그 당시 안내로 환불 완료까지 6개월 정도 소요 된다고 했었지만 실제로는 2년이 훌쩍 넘은 22년 7월 경에 환불이 완료되었다. 여행사의 환불수수료는 공제되어진 채… 그래도 환불된 게 어디냐며, 잊고 있었던 돈이 들어와 오히려 공돈(unexpected money)이 생겼다며 좋아했다.

그 사건 이후 제대로 된 해외 여행을 못갔다. 여러 가지 이유가 있겠지만 회사일로 서로 바쁜 맞벌이 부부에게 공통된 시간을 내기가 어려웠고 아이들이 자라면서 교육 때문에 여행이 쉽지 않았다.(학교 체험학습 제도가 있지만, 학교보다도 학원 수업에 빠지면 안된다고 생각하는 현실이 안타까울 뿐이다.)

얼마 전부터 첫째 아이는 토요일임에도 불구하고 집에서 먼 학원을 다니게 되어 차로 데려다 주게 되었다. 학원에 아이를 내려 주고 집에 다녀오기엔 너무 비효율적이라 근처 카페에서 나만의 시간을 갖는다. 소소한 행복이다. 지금도 아이의 학원 근처 카페에서 이 글을 쓰고 있다.

올해 큰 아이가 중학교 3학년이 되니 더 늦기전에 새로운 여행을 해야겠다고 생각했다. 그래서 이번 겨울 방학 기간 '발리 사건' 이후의 첫 해외 여행을 계획했다. 겨울이 성수기라고 하는 베트남 푸꾸옥으로… 어느 해 6월 말 다낭을 여행했다가 너무 더워서 힘들었던 기억이 잊혀지지 않는다. 성수기의 베트남행 항공권이 다소 비싼 감은 있었지만 그래도 여행때의 날씨는 무척 중요하기 때문에 더 이상 고민할 거리도 아니었다. 과연 푸꾸옥에서는 어느 여행지와 비슷하다는 느낌을 받을 수 있을까?

최근엔 취미가 하나 더 생겨 달리기에 열중이다. 취미가 생기기 전엔 상상도 못했던 휴가지에서의 달리기가 멋진 여행하기에 추가된 나의 위시리스트다. 국내에서는 부산 해운대, 강릉 경포호, 속초 영랑호, 송도센트럴파크, 대구 신천변 등 이미 몇 군데를 달려보았지만 해외에서는 아직 경험이 없다. 이왕이면 가족과 함께 달리면 더 좋을 것 같다. 나의 소망을 이루기 위해 오늘도 꿈을 꾼다.

publisher   instagram

우연히 닿은 닮은 세상

초판 발행 2025년 1월 14일

지은이 강성호

펴낸이 최대석 **펴낸곳** 행복우물 **출판등록** 307-2007-14호

등록일 2006년 10월 27일

주소 a1. 서울특별시 종로구 종로1길 50 더케이트윈타워 B동 위워크 2층

      a2. 경기도 가평군 경반안로 115

전화 031-581-0491 **팩스** 031-581-0492

전자우편 book@happypress.co.kr

정가 16,500원 **ISBN** 979-11-94192-20-6